ÂMES LIBRES

L'autrice

Charlotte Bousquet a écrit une cinquantaine d'ouvrages pour adultes et adolescents. Autrice éclectique, récompensée par de nombreux prix, elle est à l'aise dans tous les genres : anticipation, fiction contemporaine ou historique, fantasy ou bandes dessinées. Ses récits, engagés, parfois âpres, laissent rarement indifférent. Charlotte Bousquet est également communicatrice animalière. Avec « Faune », elle se lance dans une collection sur un thème qui lui tient particulièrement à cœur : nos liens avec les autres espèces animales.

Chez Scrineo, elle a déja publié *Nos vies suspendues* (2019), *Des œillets pour Antigone* (2020) et dans la collection « Faune » : *Le Murmure des chevaux* (2021).

8 rue Saint-Marc, 75002 Paris
www.scrineo.fr
Diffusion : Interforum

Directeur éditorial : Jean-Paul Arif
Éditrice : Floria Guihéneuf
Mise en page : Céline Ranger
Correction : Caroline Vanhoove
ISBN : 978-2-36740-934-4
Dépôt légal : septembre 2021

Charlotte
Bousquet

ÂMES LIBRES

ScriNeo
Collection Faune

« Nous n'avons pas besoin de votre admiration,
mais de respect et de paix. »

Parole de lionne.

Queen

Ça pue.

Ça pue la rouille.

Ça pue la crasse. Une crasse acide qui émane des murs, du sol mouillé.

Ça pue les relents douceâtres de la chair décomposée.

Ça pue la mort, la souffrance, la peur. Celle des chiens attachés à bonne distance de sa cage. Sa propre peur, également.

Parfois, Queen – Queen, c'est le nom qu'on lui a donné et qui, curieusement, lui convient – parvient à s'arracher à cette nasse qui l'emprisonne dans ce quotidien dénué de sens et de liens. Alors, son esprit s'élance vers un ailleurs dans lequel le soleil joue sur son pelage fauve, dans lequel le clan des lions se prélasse, les yeux mi-clos, à l'ombre d'un grand acacia. En harmonie les uns avec les autres. Là-bas, auprès des siens, Queen est à l'abri du danger, en paix.

Ces voyages éveillés, qui l'apaisent, la nourrissent, sont de plus en plus rares.

Parce qu'il y a toutes ces odeurs qui l'enchaînent.

Parce qu'il y a les aboiements.

Parce qu'il y a les cris, les coups. La faim, la trouille, la rage. La douleur, le goût du sang, des os broyés, déchiquetés. Ce chaos la submerge, étouffe jour après jour l'étincelle de joie qui anime son cœur.

Queen lutte pour que survive cette flamme minuscule. De toutes ses forces. Parce qu'elle sait, au plus profond de son âme, qu'à l'instant où celle-ci cessera de briller, il n'y aura plus rien d'autre que l'obscurité.

Autour d'elle.

En elle.

Quand Queen ne peut pas s'évader au pays des herbes jaunes, terre ancestrale où vivent les siens, elle s'efforce de retrouver ses souvenirs. Ceux du ventre chaud de sa mère, à laquelle on l'a si vite arrachée, ceux de son arrivée auprès de Sheik, l'homme qui la détient. Au début, il a éprouvé de la fierté et du plaisir à la tenir dans ses bras. Queen se sentait enveloppée, protégée. Rassurée. Lorsqu'elle jouait – avec un ballon, une couverture de laine, un pneu, des cartons au parfum irrésistible – cela l'amusait. Il riait, Sheik. Et son rire, profond, diffusait une douceur rassurante.

Queen a cessé d'avoir peur.

Le répit a été de courte durée.

Un soir de pluie poisseuse et froide, Sheik l'a conduite dans le garage qu'elle ne quitte plus, désormais.

Des relents d'essence et de rouille imprégnaient la pièce, masquant presque les autres odeurs – des humains excités, des canidés. Elle a perçu la tension de Sheik, sa brutalité à fleur de peau. Il a ôté sa laisse et son collier, s'est éloigné. Quand elle a voulu le suivre, le coup qu'elle a reçu, le « Non ! » rageur l'ont sidérée. Restée seule, elle s'est sentie écrasée par tous les regards envieux, mauvais, évaluateurs, railleurs, des hommes massés autour d'elle. Puis il y a eu les grondements et les aboiements, les cris d'excitation quand les chiens se sont jetés sur elle. Il y a eu la douleur de leurs crocs perçant sa fourrure. La terreur, lorsqu'elle a compris que Sheik ne l'aiderait pas, qu'il était en colère, même, qu'elle ne se défende pas. Un rugissement a jailli de ses entrailles. Avec lui, une colère, une férocité, issues du plus profond d'elle-même.

Ses assaillants, elle les a déchiquetés, broyés, frénétiquement.

Dans le chaos qui a suivi la fin du combat, Queen a décelé en Sheik de la joie et de la fierté.

Elle s'y est accrochée.

Elle s'y accroche encore, à ces sensations de lien – de foyer.

Même si elles sont de plus en plus rares, désormais.

Grincement. La cloison de fer qui occulte le jour s'efface lentement, laissant entrer la lumière dans sa prison. Elle cligne des yeux, s'étire, heureuse de sentir la caresse du soleil sur sa fourrure. Son plaisir est de courte durée : les molosses attachés se déchaînent. Queen perçoit l'odeur des hommes campés sur leurs jambes, à contre-jour. Dee, qui s'occupe de la nourrir, et deux autres aux effluves désagréables comme le produit qu'ils utilisent parfois pour nettoyer les cages.

Tous trois sont fébriles, excités.

Queen sait ce que cela signifie : plusieurs chiens vont partir aujourd'hui ; ceux qui seront de retour ce soir, couverts de morsures, imprégnés de violence et de sang mangeront à leur faim. Parfois, c'est son tour de sortir. Souvent, c'est Sheik lui-même qui s'occupe de la tirer hors de sa cage, armé d'un bâton qui la brûle atrocement chaque fois qu'elle tente de se rebiffer.

D'ailleurs, elle a cessé de lutter il y a un moment, déjà.

Elle s'est résignée.

Les chiens, eux, n'ont toujours pas compris. Ils se jettent tous crocs dehors sur les hommes, et ceux-ci les frappent sans pitié.

Queen se roule en boule. S'il lui est de plus en plus difficile de rejoindre son clan au pays des herbes jaunes, elle est encore capable de se réfugier au plus profond d'elle-même, d'y trouver une certaine paix.

*

De nouveau, la porte du garage s'ouvre. Pas de soleil : le faisceau cru des torches dans l'obscurité, l'éclat aveuglant des lumières qui s'allument les unes après les autres au plafond.

Dee, l'un des hommes présents tout à l'heure, est de retour.

Dans ses bras, un molosse couvert de blessures dont le cœur bat trop vite, trop fort dans son corps meurtri. Queen décèle une forme de tendresse en Dee, de la tristesse aussi. Quant au chien, la souffrance est terrible. Il s'accroche à la vie, pourtant. Refuse de sombrer.

Dee l'attache à l'écart de ses congénères et pose devant lui une écuelle pleine et de l'eau. Il patiente quelques minutes, s'accroupit devant le molosse, murmure des paroles qui transpirent l'angoisse ainsi qu'une espèce de colère impuissante.

Sans résultat.

Brutal, un flot de musique résonne soudain dans le garage. Dee tire un téléphone de ses vêtements, le son désagréable se tarit. Sa voix, rauque, rapide, trahit sa peur, puis sa soumission. Ses épaules s'affaissent. Il s'approche de l'animal, flatte doucement son corps épuisé. Queen l'observe entre ses yeux mi-clos : il hésite, combat l'envie de s'enfuir en emportant son protégé avec lui, se résigne finalement, puis se saisit de l'arme qu'utilisent Sheik et les autres humains pour tuer.

Explosion.

Jappements, gémissements de terreur.

Mélange âcre de fumée, d'excréments et de sang.

Dee s'en va.

Queen scrute un moment la dépouille, lui tourne le dos et ferme les yeux avec un soupir. Où qu'il soit, le chien est libre, à présent.

Jada

— Jada ! Jada, ramène tes fesses ! Vite !

Arrachée à ses révisions par le rugissement de Duncan, son frère aîné, la jeune fille ôte le casque qui couvre ses oreilles et quitte la chambre qu'elle partage avec leur mère, quand celle-ci daigne rentrer dormir dans le taudis qui leur sert de foyer.

— Mon Dieu ! Posez-le ici !

— Merde, il pisse le sang ! C'est pas bon ! C'est pas bon !

Jada débarque dans la cuisine, s'arrête net : un gosse de treize ou quatorze ans gît sur la table de la cuisine. Son tee shirt et sa veste sont écarlates et trempés. Autour de lui, affolés, Duncan, Mike et TJ.

— T'étais où, bordel ? braille Duncan. Merde, il est en train de se vider ! Il…

— Qu'est-ce qui s'est passé ? coupe la jeune fille.

— Un Lords l'a planté, souffle TJ.

Les Lords. Les ennemis des Twen5. En guerre ouverte avec eux depuis que Marlo a pris la tête du gang.

— On n'a rien vu venir, ajoute le jeune gangsta[1].

À force de servir d'infirmière, Jada a appris à rester calme en toutes circonstances : une attitude qui lui permet d'être respectée et parfois, obéie. À seize ans, elle sait désinfecter et recoudre une plaie, stopper une hémorragie, limiter les dégâts d'une blessure par balle, et bien d'autres choses encore. Des choses qu'elle ne peut se permettre de révéler à son frère. À personne, en réalité. Des choses qui sont en elle depuis toujours et qu'Hannah lui a appris à maîtriser.

Hannah, c'était la sage-femme qui habitait à l'autre bout de la rue jusqu'à l'an dernier. Elle était généreuse et n'avait peur de rien ni de personne, Hannah. Elle lui a transmis tout ce qu'elle pouvait. C'est grâce à elle que la jeune fille connaît l'usage de remèdes oubliés. C'est également grâce à sa patience et ses enseignements que Jada sait comment utiliser ses dons de guérisseuse. Hannah, elle, pouvait apaiser les brûlures et les piqûres d'insectes, soulager les démangeaisons et les inflammations. Un don hérité de sa propre mère.

Jada doute que la sienne lui ait transmis quoi que ce soit. Cependant, en se concentrant, la jeune fille

---

1. Argot : « gangsta » pour « gangster ». (Toutes les notes sont de l'autrice.)

est capable de localiser une douleur. Elle peut également, par imposition des mains, faire disparaître un hématome, une migraine, atténuer une infection ou une brûlure. Après la mort de la vieille dame, Jada est devenue la seule infirmière du coin. En dépit de son jeune âge, elle a poursuivi le travail d'Hannah, continuant à emmagasiner le plus de connaissances possible, sur tous les supports possibles – internet, livres d'anatomie, films, cours de sciences, reportages. Elle a rempli plusieurs carnets de notes relatant tous les soins qu'elle a effectués, ses erreurs, ses victoires, ce qu'elle apprend au gré de ses recherches. Plus tard, elle sera médecin, chirurgienne peut-être. Loin d'ici. Hannah était une sainte, pas elle. Jada ne passera pas son existence aux Heighs, quartier pourri d'une ville pourrie, à rafistoler des dealers et des brutes.

Quant à ses dons, elle continue à les exercer, même s'ils lui font un peu peur. Parce qu'elle est née avec et que c'est un héritage dont elle doit être fière – selon Hannah, toujours.

En attendant, Jada n'a pas le choix.

Alors, elle pousse une chaise contre l'évier, se hisse sur la pointe des pieds jusqu'au sommet du placard et s'empare d'une bouteille d'alcool, d'une agrafeuse et de plusieurs bandages.

— Duncan, bouge tes fesses. Toi, ordonne-t-elle à TJ, tiens-lui les bras.

— D'accord, répond ce dernier, s'efforçant gauchement de lui obéir.

— Mike, aide-le, ajoute-t-elle. Ça va piquer, il va se débattre : vous serez pas trop de deux pour vous occuper de lui.

Son frère revient quelques minutes plus tard, un paquet de serviettes propres dans les mains. La bouilloire siffle. Il en déverse le contenu fumant dans une bassine jaune vif. Pendant ce temps, Jada a découpé les vêtements du gosse blessé. Elle examine la plaie, moins profonde qu'il n'y paraît. N'empêche, il lui suffit de se concentrer pour sentir des picotements dans ses paumes. Ça signifie que l'infection n'est pas loin. Il faut laver, purifier et recoudre rapidement. Le garçon serre les dents, déterminé à jouer les durs, ne rien montrer. Mais, quand les premières agrafes percent sa peau, il est incapable de contenir sa douleur. Leur voisin, le vieux Ron, monte le son de la télévision. Il ne veut pas savoir ce qui se passe chez eux. Jamais.

Lâcheté. Instinct de survie. Peu importe.

Jada termine le soin par un bandage ajusté.

— Voilà, ça devrait tenir ! L'idéal serait de refaire le pansement matin et soir, et de le désinfecter avec de l'argent colloïdal, ajoute-t-elle en griffonnant sur un morceau de papier le nom de l'antibiotique.

— De la… quoi ? grimace TJ, dont les mains continuent à trembler même si l'opération est terminée.

— De l'argent colloïdal, répète Jada en lui tendant le papier.

Leur tournant le dos, elle range son matériel, roule les tissus souillés en boule et les tend à son frère aîné. Duncan lui lance un regard mauvais et pince les lèvres. Jada arque un sourcil.

— C'est bon, râle-t-il. Je les jetterai.

Un quart d'heure plus tard, la porte se referme, laissant la jeune fille seule dans l'appartement.

Pas trop tôt, songe-t-elle en regagnant sa chambre. *J'en étais où, moi ?*

Les mathématiques, Jada n'aime pas ça, mais il s'agit d'un mal nécessaire pour la réussite de ses études. Même si son lycée est pourri et manque de tout – surtout de l'essentiel –, Jada espère qu'en travaillant suffisamment, elle décrochera une bourse pour étudier à l'université.

Tôt ou tard, je partirai d'ici. Personne ne m'en empêchera.

*

Lorsque Jada referme son manuel, des sirènes de police et des crissements de pneus troublent les Heighs, assombris par le crépuscule. Par la fenêtre, la jeune fille aperçoit la lumière vacillante de l'unique réverbère de leur rue. Au fil du temps, tous les autres ont perdu la leur. Personne n'a jamais pris la peine de les remplacer.

Elle s'étire, avance dans la pénombre jusqu'à la cuisine, ouvre le frigo, en sort des saucisses et de la sauce piquante. Avec des chips, ça suffira pour son dîner. Et puis, ce n'est pas comme si elle avait le choix. C'est Duncan qui se charge des courses, normalement. Sauf que ces derniers mois, il n'en a plus le temps. TJ, Mike et lui ont été « désignés volontaires » pour patrouiller dans le quartier par Marlo.

Décidé à étendre son territoire, ce dernier est de plus en plus exigeant avec ses troupes. Résultat, Duncan est à cran et le frigo est vide.

Si je me plains, il en fera un drame. Si je propose de m'occuper de le remplir, ce sera pire…

Avec un soupir, Jada allume la gazinière, y fait revenir son repas. C'est fade et gras. Heureusement que la sauce pimentée et les chips salées relèvent le tout ! À peine a-t-elle terminé son dîner que des voix fortes retentissent dans la coursive. Jada reconnaît celle de son frère, celle de Mike aussi. Quand Duncan ouvre la porte, les battements de son cœur s'accélèrent. Marlo est avec eux.

Dans son ombre, le colosse qui lui sert de garde du corps.

Marlo a pris le pouvoir six mois plus tôt, à la mort de l'ancien boss des Twen5, officiellement tué par les Lords. Officieusement, on murmure que Marlo l'aurait abattu. Mais personne n'a de preuve, bien sûr. Et surtout, personne n'ose s'opposer à lui.

Avec ses yeux froids, sa maigreur, sa voix douce et la cicatrice qui fend son visage en deux, Marlo ressemble à une espèce de zombie.

Il lui fiche la trouille, même si elle n'a jamais montré le moindre signe de panique en sa présence. Ça lui ferait trop plaisir de savoir qu'il exerce une once d'emprise sur elle.

— Salut, Jada, dit-il avec un sourire qui n'atteint pas ses yeux. Ça faisait longtemps que je ne t'avais pas vue. Tu es de plus en plus jolie.

— Merci, répond-elle d'un ton neutre, ravalant d'instinct une envie de hurler.

Il émane du ganger[2] une aura d'autant plus menaçante que son langage est châtié. C'est qu'il a beaucoup lu, Marlo. C'est qu'il a même écrit. Des poèmes âpres, avec des mots tranchants comme des lames, qui ont été

2. Argot : Contraction de « gang banger », qui signifie « membre d'un gang ».

scandés, vus des centaines de fois sur les réseaux. Artiste et tueur : l'étiquette impressionne la plupart des gens, attire les filles comme des papillons.

Pas elle. Et cela l'agace, Marlo. Jada le sait.

— Duncan, tu vois que j'avais raison, poursuit-il. Ta sœur est *exactement* celle dont nous avons besoin pour mener à bien notre plan.

— Votre plan ? demande Jada, consciente au moment même où elle prononce ces mots de tomber dans le piège qu'il lui a tendu.

— Personne ne te l'a expliqué ? C'est Anton, mon petit frère, que tu as soigné cet après-midi. Et ce sont les Lords qui s'en sont pris à lui. *Ils s'en sont pris à lui*, répète-t-il. Délibérément. Duncan et Mike ici présents pourront te le confirmer : eux n'ont pas été touchés. Aucune lame n'a traversé leur peau. Le poignard s'est planté directement dans le corps d'Anton. C'est un affront que je ne peux laisser passer. Tu comprends cela, n'est-ce pas ?

Jada hoche la tête. Elle saisit également ce que sous-entendent les paroles de Marlo : ni Duncan, ni Mike, ni TJ n'ont eu la présence d'esprit de se mettre entre le couteau de l'agresseur et Anton. Et cela, le ganger a l'intention de le leur faire payer.

— Jolie Jada, continue Marlo, as-tu déjà tenu une arme à feu ?

Queen

Queen a perçu sa présence avant même que s'ouvre la porte de sa prison. Tout de suite après, ses effluves poivrés, agressifs, ont rempli ses narines, camouflant presque les sécrétions de son corps – un mélange d'excitation joyeuse, de colère et de peur.

Sheik est ainsi. Colérique, la plupart du temps. Contradictoire, toujours. Queen a appris à anticiper ses humeurs et son comportement, à les ignorer, même, en dépit du chaos qui tourbillonne autour de lui. Cela lui évite de prendre des coups. La dernière fois qu'elle s'est rebellée, la souffrance vive et brûlante, son impuissance à y échapper ont été telles qu'elle en garde une immense terreur.

Elle n'a plus jamais recommencé.

Aujourd'hui, Sheik n'est pas seul.

Deux hommes l'accompagnent. Le premier, c'est Dee. L'autre, Jay, pue de l'extérieur comme de l'intérieur.

Mais il est dévoué à Sheik, mourrait sans hésiter si celui-ci le lui ordonnait.

— T'es sûr qu'elle a suffisamment mangé, Dee ?

— Ouais. Aujourd'hui, elle sera douce comme un agneau…

Les trois humains ricanent, découvrant leurs dents. Sheik s'approche d'elle, s'accroupit devant les barreaux de sa cage. Queen ne voit pas ses yeux, dissimulés derrière deux cercles opaques. Cela la perturbe.

— Alors, ma beauté, comment ça va ?

Sa voix est grave, pareille à un ronronnement.

Sa voix est un mensonge.

Il n'y a aucune affection, aucune chaleur dans le cœur de Sheik. C'est juste qu'à ses côtés, il se sent invincible. Sa lionne, son fauve tenu en laisse et prêt à tuer sur commande lui procure une aura de toute-puissance. C'est l'unique raison pour laquelle Sheik lui témoigne de la considération.

Alors, Queen se contente de ces mirages qui la relient à un autre être vivant et donnent un sens à son existence.

— Donne-moi son collier.

Dee lui tend la bande scintillante, ouvre la porte de la cage, y introduit un long tube brillant équipé d'une griffe, l'accroche aux pointes qui enserrent le cou de la lionne et la tire vers l'extérieur. Elle ne résiste pas, laisse Sheik flatter sa tête, ses épaules, fixer le ruban sur le métal et y attacher une chaîne.

— On part en virée, ma beauté ! Dee, n'oublie pas qu'Ali et Thorn combattent, ce soir. Assure-toi qu'ils seront prêts, ordonne-t-il, d'un ton qui ne souffre aucune rebuffade.

À la gauche de Sheik, qui la tient si court qu'elle peine à respirer, Queen avance sur le bitume semé de poussière. Un pas derrière eux, Jay – prêt à bondir au moindre danger, prêt à tuer les ennemis de celui qu'il considère comme son maître.

L'air est chargé d'odeurs : âcres et piquantes, doucereuses, suaves et fraîches comme celle des arbres en fleur, appétissantes aussi – et Queen reconnaît la flaveur de la viande grillée. Sous ses pattes, le sol est irrégulier, râpeux, coupant parfois. Au loin, des sons lourds, répétitifs et une voix nasillarde qui scande au rythme de basses métalliques. Le grondement d'un moteur. La lionne ouvre légèrement la gueule, heureuse de se gorger de toutes ces odeurs, heureuse de percevoir la vie autour d'elle.

Des éclats de voix – une dispute.

Des éclats de rire – des enfants jouent derrière une palissade.

Un cri de colère.

Des coups de feu.

Trois corbeaux s'envolent avec un croassement indigné.

Sheik resserre son emprise sur elle. Il est inquiet.

Venant du coin de la rue, trois individus marchent à leur rencontre. Dès qu'il les reconnaît, il se détend, imperceptiblement. Ils s'arrêtent, à bonne distance, échangent quelques mots avec Sheik et Jay. Ils se joignent à eux, restent à bonne distance, cependant.

Queen les effraie. Quand ils la regardent, leur cœur bat plus fort. Leur respiration s'accélère.

Instinctivement, ses muscles se tendent. Ce sont des proies. Derrière leurs sourires forcés, la lionne discerne de la crainte, de la servilité.

Au bout d'un moment, tous s'arrêtent sous un arbre, près d'un grillage éventré, envahi d'herbes hautes et de buissons.

De l'autre côté, une place bétonnée, avec un grand mur, deux énormes caisses en tôle rouillée. Un cabanon, devant lequel attendent plusieurs personnes.

Un homme y fait cuire des aliments à l'odeur grasse et sucrée.

Quelques tables, plus loin, sont occupées par des individus qui posent sur elle des regards à la fois terrifiés et avides. Leur insistance la rend nerveuse. Elle tourne la tête vers eux, rugit juste assez fort pour qu'ils baissent la tête, pas assez pour sentir la morsure du métal dans sa peau. Sheik les jauge avec arrogance, gonflé d'orgueil, oubliant que c'est elle qui leur inspire de la peur, pas lui.

Un petit garçon aux yeux immenses échappe à sa mère, se précipite vers elle. La femme hurle, affolée. Joyeux et émerveillé, l'enfant l'ignore. Cliquetis. Danger, dans le dos de Queen. Si elle se montre menaçante, Jay l'abattra. Elle le *sent*.

— Comment elle s'appelle ? Je peux la caresser ? Tu l'as eue où ? C'est au zoo qu'ils te l'ont donnée ? Tu crois qu'un jour, je pourrai avoir une panthère moi aussi ?

Il frémit, parle sans respirer.

— Ce n'est pas une panthère, gamin. C'est une lionne, explique Sheik du ton rassurant qu'il prenait avec elle autrefois. Elle vient pas du zoo. Regarde ses muscles ! Rien à voir avec les loques qui roupillent toute la journée derrière les barreaux d'une cage !

— Wow ! Et elle a plein de cicatrices, en plus ! C'est parce qu'elle se bat souvent ?

— C'est une guerrière ! Une reine guerrière, précise Sheik, qui pose une main possessive sur le haut de son crâne. Je te dirais bien de t'approcher, mais ta maman serait certainement pas d'accord…

Des images, des intentions se dessinent derrière le bourdonnement de leur échange. De l'enthousiasme, du côté de l'enfant : il s'imagine torse nu, sur son dos, dans un monde qui ressemble étrangement au pays des herbes jaunes où elle retrouve le clan des lions. De la convoitise du côté de Sheik, qui le considère comme une future recrue.

Queen détourne la tête, en quête d'une distraction, même infime. Un ancrage qui lui permettrait d'échapper à ces gens, à cet environnement triste et pesant. Là-bas ! À l'angle d'une caisse, entre quelques brins d'herbe et des restes de nourriture, un gros rat.

Elle se concentre, perçoit le rythme de la vie en lui, les frémissements de ses poils, les mouvements vifs et précis de ses petites pattes qui s'activent autour des os de poulets maculés de sauce et des restes de beignets. Elle ressent, de manière fugace, son souci de l'autre, du groupe. Du foyer ?

Détonation.

Le rongeur explose.

Ses émotions, ses liens, sa minuscule vie disparaissent, anéantis.

Autour d'elle, des cris affolés. Deux hommes se lèvent précipitamment. Une chaise tombe. Le gamin rejoint sa mère en courant.

— Ça va pas, non ? gronde Sheik. Qu'est-ce qui t'a pris ?

— Y avait un rat, là-bas, grogne Jay. J'ai horreur de ces saloperies.

Queen cligne des yeux, traversée par une sensation de tristesse et de vide.

Crissements de pneus, soudain. Une voiture pile, face au cabanon. Les portières claquent. Trois individus en jaillissent, agressifs et méfiants. Masquée par leur parfum piquant et mentholé, une fine couche de sueur : l'odeur aigre de la peur. Jay fait un pas dans leur direction, poing crispé sur son arme à feu.

— Qu'est-ce que tu fous ? siffle Sheik.

— J'aime pas leur attitude.

— Ouais, ben on est ici pour négocier une alliance, pas pour les flinguer. On a besoin d'eux pour dégommer les Twen5, je te rappelle. Alors tu ranges ton jouet. Tout de suite.

La tension reflue – un peu.

L'un des nouveaux venus, plus large et plus grand que Sheik, fait craquer les jointures de ses mains ornées de métal, effectue quelques pas dans sa direction.

Tous deux se jaugent, s'efforçant de conserver une façade neutre, presque aimable. Ils se tournent autour, deux adversaires cherchant l'ouverture, la faille.

Sheik a l'avantage. Plus calme, plus affirmé. Aucune incertitude en lui. L'autre hésite, moins habitué aux confrontations de ce genre. Il redoute l'affrontement, Queen le comprend bien avant que tous deux se rapprochent, l'un victorieux, l'autre soumis.

Alors que la situation s'apaise, le poil de Queen se hérisse. L'air vibre de danger. Cela vient des bâtiments, de l'autre côté du grillage. Cela vient de la palissade. Cela vient des rues, de l'autre côté de l'esplanade de béton.

Cela vient de cette humaine.

Jeune, fine, elle avance d'un pas souple dans leur direction.

Son souffle est court, haletant.

Son cœur cogne si fort qu'il résonne dans son corps entier.

Elle s'arrête, respire profondément, lève lentement le bras…

Jada

« Avec tes yeux de biche et ton beau visage, aucun d'eux ne se méfiera de toi. Tu n'auras qu'à avancer vers eux, l'air décontracté. Le moment venu, tu tiendras le revolver avec les deux mains, cela te donnera un meilleur équilibre… Ne t'inquiète pas : nous serons là pour te couvrir et l'abattre si tu n'y parviens pas du premier coup. »

Elle n'a pas pu protester, Jada.

Elle n'a pas eu le choix.

Si elle avait refusé, Marlo le lui aurait fait payer. Peut-être aurait-il tabassé son frère. Peut-être l'aurait-il tuée. Peut-être se serait-il arrangé pour la jeter en pâture aux membres du gang. Elle aurait fini comme ces filles qui traînent leur malheur dans les mobile homes minables des Heighs. Droguée à mort pour oublier tout le reste.

Elle n'a pas eu le choix, non.

Cela ne l'empêche pas de crever de trouille, de batailler de tout son corps contre la nausée. Le flingue qu'elle cache sous son sweat-shirt est lourd et froid. Il l'écœure, pourtant elle ne peut s'empêcher de le toucher.

Comme ses genoux écorchés qu'elle grattait, petite, au lieu de les laisser cicatriser.

Jada arrive en vue du kiosque de Law, ex-dealer reconverti dans la *junk food* au service des gens du quartier. Nuggets et churros, un autre genre de drogue. Une femme, cheveux lissés, retenus par un bandeau jaune vif, et son fils, âgé de six ou sept ans, s'éloignent en direction de la station-service. Deux hommes âgés d'une cinquantaine d'années quittent la place, visiblement stressés.

Au bord de l'esplanade est garée une voiture rouge – vide de tout occupant. À droite, deux carcasses de fourgons rouillent depuis des lustres. Au fond, un mur haut, couvert de tags. Près du cabanon de Law, plusieurs hommes. Un peu à l'écart, discutant avec un obèse à la chevelure tressée, Sheik, lunettes noires, pantalon large, chemise soyeuse et sombre.

Sa cible.

Oh. Mon. Dieu.

Il y a une lionne, allongée à ses pieds.

Une lionne massive, au pelage couleur de sable clair, tenue par une laisse décorée de strass.

Je fais quoi, moi, maintenant ?

Ses genoux tremblent.

S'il la lâche sur moi…

Un goût de bile envahit le fond de sa gorge.

Elle va me bouffer…

Elle claque des dents.

Marlo et les autres vont lui tirer dessus…

Des gouttes de sueur perlent au bout de ses cils.

Merde. Morte ou vive, il en fera un trophée.

À cet instant, les yeux d'ambre clair de la bête croisent les siens. Solitude. Résignation. Ces deux sentiments la traversent, fulgurants.

Je peux pas les laisser faire. Elle n'a pas mérité ça !

Jada inspire un grand coup et se campe, genoux légèrement fléchis, ainsi que Marlo le lui a montré. Elle tire lentement l'arme de son blouson zippé, la tient avec fermeté dans ses mains jointes, vise et fait feu.

— Attention ! hurle au même moment l'homme de main de Sheik, se mettant à couvert avec une souplesse hallucinante.

Aussitôt, Duncan et Mike jaillissent des palissades. Marlo et deux autres Twen5 commencent à tirer. Un colosse la vise. Une balle siffle à ses oreilles. Jada se jette à terre. Du coin de l'œil, elle aperçoit l'ami de son frère, les yeux agrandis de surprise, qui s'affaisse dans la poussière, sans vie.

La voiture rouge démarre dans un rugissement.

Duncan, lui, a disparu dans le chaos.

Merde ! Me fais pas ça ! Me laisse pas…

Nouvelle rafale. Elle se baisse d'instinct. Les balles se perdent sur le boulevard désert. Jada roule sur le côté. Au même instant, un éclair fauve bondit de l'autre côté du grillage. La lionne ! Sans réfléchir, Jada s'élance derrière elle, percute brutalement le sol, les chevilles prises dans un lacis d'herbes et de métal. Grimaçant de douleur, elle se redresse, jette un coup d'œil par-dessus son épaule : planqué derrière le kiosque, Sheik est encore en vie. Et, de part et d'autre de l'esplanade, les Twen5 et les Lords continuent à s'entre-tuer.

Haletante, elle parvient de l'autre côté des buissons, à l'abri. Le temps de reprendre son souffle, de cesser de trembler, le cœur à cent à l'heure et le cerveau en vrille, elle repère des traces de sang sur le sol. Des traces qui s'éloignent en direction du nord.

Bicoques à peine plus solides que des mobile homes, chaussées crevées, clôtures de bois, de tôle, de briques et de plastique : ce coin des Heighs est une zone de guerre, une zone de misère.

La lionne est blessée… Affolée, certainement… Si elle

s'en prend à un gosse... Si elle tombe sur un type armé ou un flic...

Jada ne peut se résoudre à l'abandonner. Et de toute façon, où irait-elle ? Chez elle ? Pour se retrouver de nouveau à la merci de Marlo ? Ce dernier l'a utilisée une fois pour tirer sur un homme et comme diversion. Il recommencera. Et puis, s'il a compris qu'elle a délibérément visé la laisse qui retenait la bête captive – et il l'a forcément compris, elle n'en doute pas, Jada –, il ne la lâchera pas...

Duncan ne la protègera pas. Il n'a même pas protesté quand Marlo a exigé de sa sœur qu'elle se transforme en appât pour piéger les Lords – peu importe qu'elle survive. Alors, s'opposer directement à lui...

Duncan.

A-t-il été touché par une balle ? Est-il encore en vie ?

La vision de Mike s'affaissant lentement sur le sol, de son regard étonné, comme s'il prenait conscience à l'instant de sa mort que tout ça n'était pas pour de faux, submerge Jada. Et avec elle, une immense tristesse. Quel âge avait-il, Mike ? Vingt ans à peine, comme Duncan, ou un peu moins. Plus vieux qu'elle. Pourtant, c'était un vrai gamin.

Duncan a survécu. Impossible autrement. Il a toujours eu de la chance. Toujours...

Elle serre les dents et ravale ses larmes, puis se concentre sur les taches qui maculent le bitume craquelé.

Attentive, elle suit la piste de la lionne en fuite, s'efforce comme elle peut de frotter le sang sous les semelles de ses baskets pour éviter que Sheik, Marlo ou n'importe lequel des Lords ou des Twen5 la retrouvent trop vite.

Les traces s'estompent, puis s'arrêtent à proximité d'une palissade de planches mal ajustées. De l'autre côté, une maison éventrée, une poubelle renversée, des détritus amalgamés depuis longtemps par la crasse et l'humidité. Sur un reste de pelouse jaune sale, la carcasse d'une vieille machine à laver. Jada s'immobilise, examine les alentours.

Pas un bruit.

Tout semble figé.

En attente.

Elle se frotte les bras, consciente de ce qu'elle risque en décidant de poursuivre sur le chemin que lui dicte son instinct. Le fauve qui s'est réfugié dans cette ruine ignore probablement le geste de la jeune fille. Et quand bien même, acculé, il n'hésitera pas à l'attaquer.

Et je n'ai même pas de quoi la soigner…

Son matériel – trousse de secours, agrafes, alcool, bandages –, comme ses carnets, sont encore chez elle.

Impossible d'y retourner pour le moment. Cette nuit, peut-être ?

Une force étrange l'empêche de faire demi-tour. Comme si, en la libérant, elle avait lié leurs deux destins.

— C'est n'importe quoi, Jada, murmure-t-elle, cherchant du réconfort dans le timbre chevrotant de sa voix.

À pas lents, elle s'approche d'une fenêtre dont les vitres ont depuis longtemps disparu. Sur la peinture écaillée, une substance poisseuse. Du sang.

OK. Elle est à l'intérieur.

La jeune fille hésite. Doit-elle continuer ? Se planquer dans le jardin et attendre ? Rebrousser chemin ? Ses jambes sont de plomb, le sang gronde dans ses veines. Trop d'adrénaline. Quoi qu'elle décide, Jada doit calmer le flot chaotique de ses émotions. Respirer, doucement. Avec le ventre. Comme lorsqu'elle doit extraire une balle ou traiter une plaie infectée.

Au bout d'un moment, ses épaules se détendent, son souffle redevient régulier.

Derrière ses paupières closes, les yeux dorés et tristes du fauve semblent l'appeler. Alors, elle enjambe tant bien que mal le rebord et se laisse tomber dans une pièce jonchée de débris.

Dans la poussière, de nouvelles marques.

Jada s'accroupit à côté d'une empreinte.

La patte de la lionne est plus large que sa main ouverte.

La jeune fille déglutit.

Les poils de sa nuque, soudain, se hérissent.

Elle perçoit un souffle rauque, dans son dos.

Lentement, elle se retourne.

Et le cri étranglé qui jaillit de sa bouche ressemble au gémissement d'un bébé.

Queen

L'humaine dont elle a perçu la présence, geint et claque des dents.

Queen entrouvre la gueule, se gorgeant ainsi de toutes les nuances de l'intruse : sa fatigue, sa sueur, la suavité de son odeur, sa lassitude, sa culpabilité, son émerveillement, sa terreur, chaos à fleur de peau qui l'intrigue assez pour qu'elle s'approche.

Doucement.

Parce qu'elle est prudente, Queen.

Parce que son épaule blessée la brûle à chaque foulée.

L'humaine – elle l'a perçue juste avant le combat, juste avant sa fuite et reconnaît le rythme haché de sa respiration – se recroqueville, cache sa tête entre ses bras, grelotte.

Peur. Peur. Peur. Le flux de ses émotions s'affole, son souffle se bloque.

Queen tourne autour d'elle, perplexe. Que faire ?

Il n'y a aucune agressivité en elle. Il y a même, ténue, crépitante pourtant, une pointe de chaleur. Elle s'approche plus près. À l'extérieur, des cris, des bruits de course et, dans le lointain, un son lancinant, suraigu. Queen s'immobilise. Un grondement profond naît en elle. Sa queue bat, frappe le sol avec nervosité. Près d'elle, l'humaine gémit. Queen lève une patte au-dessus d'elle, hésite, la repose et avance jusqu'à l'effleurer du bout de sa truffe.

Elle est étrange. Ne ressemble à aucun des hommes qu'elle a côtoyés jusqu'à présent. Ni à Sheik. Ni à Dee. Ni à Jay. Encore moins à ceux qui trépignaient, excités et hurlants, autour d'elle et des chiens.

Pas de violence.

Pas d'arrogance.

Pas de cruauté.

À la place, de la vulnérabilité.

Au-dehors, les voix, pareilles à des aboiements, de ceux qui la traquent. De la colère. De la frustration aussi. La frustration de prédateurs en quête d'une proie qui leur a échappé.

De nouveau, un rugissement rauque et bas s'échappe de la gorge de Queen. Ses muscles se tendent. Sa plaie, douloureuse, recommence à saigner. Au même instant, l'humaine recommence à respirer. Encore tremblante, elle parvient à déplier son corps et à se glisser jusqu'à la trouée par laquelle, l'une après l'autre, elles ont pénétré dans cet antre désert. Dans sa main est apparue une masse sombre, aux relents âcres et froids. Une arme qui tonne et qui tue.

Accroupie, l'humaine guette, lui jetant de temps à autre un coup d'œil attentif et soucieux. Ces émotions sont nouvelles pour Queen. Plusieurs fois, Sheik s'est inquiété, en l'examinant après un combat. Avec lui, c'était différent. Ce n'était pas *pour elle* qu'il s'alarmait. Mais parce qu'elle lui appartenait.

Les voix s'éloignent. Le danger s'efface peu à peu. L'humaine se laisse glisser contre le mur, et son regard se pose sur la lionne avec la douceur d'une caresse, s'attarde sur sa blessure. Instinctivement, Queen avale sa salive et commence à lécher les chairs à vif, ignorant de son mieux la douleur.

— T'es salement amochée…

Queen s'interrompt, attentive à ce que la fille tente d'exprimer.

— Si tu me laisses t'aider, je devrais pouvoir arranger ça… Pas tout de suite… Y a encore trop de monde par ici… Je m'appelle Jada…

La fille chuchote. Son timbre est agréable, presque un ronronnement. Avec ses mots, Queen entrevoit des images – des silhouettes fugaces, des pinces, un tissu blanc, le ciel nocturne, le visage émacié d'un homme au regard terrible, elle-même, qui se présente en amie.

Jada, donc.

Un nom qui vibre de lumière.

Un nom qui lui plaît.

Les muscles de Queen se relâchent imperceptiblement. La tension se dissipe. Elle déglutit de nouveau, nauséeuse et fatiguée. Elle voudrait regagner la pénombre de la pièce où elle s'est réfugiée, tout à l'heure, s'allonger et, peut-être, s'enfuir au pays des herbes jaunes, auprès du clan des lions.

Jada l'observe, derrière ses yeux mi-clos. Son cœur bat encore très fort. Un tourbillon d'images s'échappe d'elle, parmi lesquelles des mains environnées d'un halo doré, le visage rieur d'une vieille femme. Elle est plus calme, désormais. Queen hésite encore un peu avant de faire volte-face et de se diriger, à pas lents, vers l'obscurité. Au moment de passer la porte, elle ralentit, attend. Dans son dos, la fille se lève et la suit, un peu incertaine.

Sur le carrelage froid, des décombres, dont les seuls parfums sont ceux de la crasse et de l'urine des rats. Elle passe une porte et pénètre dans la pièce où elle s'est reposée – un peu. Contrairement aux autres endroits de la maison abandonnée, elle n'y a décelé aucun relent de tristesse ou d'amertume. Queen retrouve les vieilles couvertures, tissus imprégnés d'une odeur suave, un peu passée, sur lesquelles elle s'est étendue. Elle tourne en rond, hésite à s'abandonner au sommeil en présence de l'humaine, s'assied, cligne des yeux.

Celle-ci semble comprendre. Elle demeure dans l'encadrement de la porte jusqu'à ce que la lionne s'allonge sur le ventre, puis s'approche avec une précaution infinie.

Il émane d'elle un mélange d'éblouissement et de profond respect, sentiments que la lionne a du mal à saisir – car une fois encore, elle est la première à lui renvoyer tant de considération.

Queen examine avec curiosité cette fille au cœur sincère, débordée par ses émotions, qui retient une fois encore son souffle et se laisse submerger par le chaos de son esprit, projetant autour d'elle de nouvelles images, des idées, des impressions que la lionne accueille avec une confiance naissante : *… une main sur sa fourrure… un corps blotti contre le sien… des doigts, des objets de métal approchant de sa blessure… des questions… de nouveau, le visage noir, émacié au regard métallique… le cabanon, Sheik, et le souvenir d'avoir croisé ses yeux… yeux d'or… tristes… compassion…*

C'est trop, pour la lionne. Trop de sensations, trop d'émotions, d'informations, de craintes et d'espoirs. Parce qu'elle ne sait comment faire pour apaiser celle qui s'est accroupie à côté d'elle, Queen tend sa patte valide vers Jada et la touche avec délicatesse.

Joie débordante, reconnaissance : ce que Queen reçoit en retour fait éclore en elle une flamme réconfortante et chaleureuse. Alors, avec un soupir, elle ferme les yeux…

*

… L'herbe sous ses pattes est tout infusée de soleil. Dans la vallée ancestrale où vivent les membres de son clan avance un immense troupeau, long serpent gris environné de brume. Au sommet d'une colline, le clan se repose à l'ombre d'un grand arbre. Des lionceaux jouent, un peu plus loin, roulant les uns sur les autres avec des grognements heureux. Des lionnes sommeillent, étendues les unes contre les autres, à l'exception de la matriarche qui a perçu sa présence et se dirige tranquillement vers elle. Sur un grand rocher plat, deux mâles à la crinière abondante et brune veillent sur leur famille. Ils la connaissent.

Même si elle n'appartient pas corps et âme à ce monde riche et foisonnant, qui a toujours existé et existera toujours, Queen fait partie des leurs.

Ils l'ont accueillie sans réserve lorsqu'elle est venue à eux la première fois, en rêve.

Ils l'ont accueillie avec la même bienveillance, à chacun de ses voyages, même s'il lui était de plus en plus difficile ces derniers temps de trouver l'énergie de suivre le chemin menant jusqu'à eux.

La matriarche s'est arrêtée. Son large poitrail est strié de balafres. Elle l'observe, ses oreilles rondes aux bords irréguliers pointées dans sa direction. Dans ses iris scintillent des lueurs dorées. Arrivée près d'elle, Queen frotte sa tête contre la sienne, s'imprégnant de sa tiédeur et de sa bienveillance. La matriarche l'imite, léchant ses oreilles et son crâne avec une tendresse infinie.

Puis l'ancienne rebrousse chemin, regagne l'abri du grand cèdre.

Queen la suit, attend qu'elle se soit allongée pour s'étendre contre son flanc.

Auprès d'elle, Queen se sait en sécurité, protégée, en paix.

Auprès d'eux, Queen peut se reposer.

Elle sait qu'il ne lui arrivera rien.

Jada

Sans bouger, presque sans respirer, Jada est restée assise aux côtés de la lionne. Bouleversée par le bref contact de son énorme patte sur son genou, émue par sa confiance, elle l'a regardée s'allonger de tout son long sur de vieilles couvertures d'enfant, dont on devinait encore les motifs – des petits oursons jaune et rose pâle. Elle a suivi des yeux, la gorge nouée, la toile des innombrables cicatrices qui sillonnaient son corps massif – certaines, encore enflammées.

Elle s'est rappelé les récits de combats de chiens, les rumeurs aussi ; des molosses lancés les uns contre les autres ou contre des animaux sauvages, ours, fauves et même singes, au fond d'entrepôts à l'abandon aménagés en rings. Elle a entendu TJ, Mike et son frère en parler, un jour : Mike envisageait de récupérer un chiot, pour la compagnie et peut-être aussi pour se faire un peu de blé ; à coups d'histoires affreuses de gosses dévorés par des molosses – « Tu veux pas que ça arrive à ton bébé, hein ? » –, TJ l'en a dissuadé. Duncan, lui, se contentait d'écouter. À la fin, il a simplement souligné que ce genre de paris n'était pas la came de Marlo, qu'il laissait ça aux Lords : « Les clébards avec les clébards, les gars. Les Twen5 sont au-dessus de ça. » Bien sûr, c'était *avant* que Marlo lance le gang sur les traces de la bête, déterminé à la capturer et récupérer le business lucratif de son rival.

— … alors je me suis approché, mon flingue braqué sur lui, tu vois, au cas où : Sheik a pas bougé. C'est là que j'ai compris qu'il était mort…

Deux Twen5 passent tout près de leur refuge.

— Merde ! Elle est passée où, cette lionne ? J'avais pourtant vu des traces, là-bas…

— Je suis pas sûr d'avoir envie de tomber nez à nez avec elle.

— T'as raison. C'est aux Lords de récupérer leur bestiole…

— Enfin, ce qu'il reste d'eux, après le carton qu'on a fait…

Ils ne sont pas discrets. Pas très doués non plus pour suivre une piste : Jada a fait son possible pour effacer le sang sur le bitume, mais n'a pas réussi à enlever toutes les traces de la fugitive.

— Tu crois qu'ils vont accepter les conditions de Marlo, toi ?

— Les Lords ? Ben je serais eux, c'est ce que je ferais. Rester en vie et bosser pour lui, c'est pas si mal, non ?

Jada a décidé qu'elle ferait son possible pour protéger la lionne. Comment ? Elle l'ignore encore. Elle sait, cependant, qu'il lui est impossible de l'abandonner.

La jeune fille aurait peut-être hésité, cet après-midi.

Plus maintenant. Pas après ce contact, pas après qu'elle lui a témoigné tant de confiance.

Jada a fouillé la maison abandonnée. Elle a déniché un grand saladier en plastique, l'a rempli d'eau et a posé le tout près de la lionne endormie. Elle y a ajouté son sweat-shirt, une manière comme une autre de lui dire qu'elle reviendra. Dans une autre pièce, elle a trouvé quelques vêtements en bon état, des jeans moulants, une veste de survêtement turquoise encore imprégnée d'un parfum chimique et trop sucré. Puis elle a attaché ses cheveux crépus sur sa nuque, a relevé la capuche et s'est glissée à l'extérieur de la maison.

*

Doucement, tout doucement, Jada ouvre la porte de l'appartement. Pas de lumière. Tout semble calme, ici.

Duncan est-il rentré ? Une respiration lourde, régulière, s'élève de sa chambre, entrouverte. Rassurée, elle se rend dans sa tanière, en referme la porte avant d'allumer le plafonnier. Celui-ci grésille un peu. Une lumière jaune se répand dans la pièce.

— C'est parti, souffle-t-elle pour se donner du courage.

Jada se débarrasse des vêtements qu'elle porte, les roule en boule sous son lit. À la place, elle enfile son vieux jean troué aux genoux, un maillot de corps, un tee-shirt à manches longues orné d'un attrape-rêves et une vieille chemise à carreaux, legs d'un ex-petit-ami de sa mère. Ensuite, elle prend des sous-vêtements propres, deux foulards en coton et les fourre dans son sac à dos. Elle ajoute également ses deux lampes frontales – indispensables pour lire sans électricité. Reste le plus difficile : trier les carnets dans lesquels elle consigne ses apprentissages et découvertes médicales, car elle ne doit pas trop se charger.

Je reviendrai. Je m'occupe de la lionne et…

S'en occuper ? Comment ? En admettant qu'elle parvienne à extraire la balle de son épaule sans y laisser la peau, que fera-t-elle, ensuite ? Il faudra la nourrir. Il faudra la conduire en lieu sûr – et pas dans un zoo. Petite, Jada rêvait de se rendre dans le Yellowstone, un parc naturel immense où les animaux sauvages vivent libres. Elle serait peut-être bien, là-bas. Elle pourrait courir, chasser, respirer l'air pur.

Loin des cages.

Loin des humains.

L'idée n'est pas mauvaise. Reste à trouver le moyen d'y aller.

Sans hésiter, Jada s'agenouille au pied de la commode, glisse la main sous le dernier tiroir : elle y a agrafé une pochette en tissu contenant toutes ses économies. Des petits jobs, après les cours. Des billets laissés par ceux qu'elle soigne. Au début, elle les refusait. Ça lui donnait l'impression d'être enchaînée au gang. Hannah l'a traitée d'idiote, quand elle lui en a parlé. « Jada, aux Heighs, que tu fasses du baby-sitting ou que tu travailles dans un fast-food, c'est la drogue qui paie ton salaire. Alors, ce qui compte vraiment, c'est la manière dont tu vas l'utiliser… »

Une fois de plus, la sage-femme avait raison.

Pour un sauvetage de lionne, je sais pas si ça suffira. Mais ça vaut le coup d'essayer.

De nouveau, Jada regarde ses cahiers, se mord les lèvres, en choisit trois, dont celui dans lequel sont consignées les recettes d'Hannah.

Elle quitte la pièce, se rend dans la salle de bains : sa

trousse de soins, qui contient désinfectant, pansements, mèches coagulantes, argile en pâte, pince et ciseaux, y est rangée soigneusement. Elle la met avec ses affaires, se rend dans la cuisine, installe avec précaution une chaise contre l'évier et ouvre le placard. Elle y saisit l'alcool, un spray d'argent colloïdal et des agrafes.

Que faut-il d'autre ? Un truc à manger...

Le frigo est vide, comme la veille, évidemment.

— Qu'est-ce que tu fous, Jada ?

Elle sursaute, se retourne, découvre son frère dans l'encadrement de la porte. Mal réveillé, les yeux rouges, il s'est couché tout habillé. Il n'a pas subi une seule égratignure. Il semble à la fois effrayé et furieux.

— On t'a cherchée partout, bordel ! T'étais où ?

L'espace d'un instant, Jada espère qu'il s'est inquiété pour elle.

— Y a des frères qui pissaient le sang, et toi...

Mais non, c'est de son boss qu'il a peur, de ses réactions, de ses exigences. Rien de plus.

— Moi, je me suis débrouillée pour rester en vie. Ça ne t'est pas venu à l'esprit que j'avais jamais tiré sur quelqu'un, avant ? Que je m'étais jamais retrouvée au milieu d'une telle violence ? Que je pouvais me prendre une balle ?

— Je...

— T'es désolé, c'est ça ?

— J'avais pas le choix, répond Duncan, passant une main dans ses cheveux ras. Avec Mike et TJ, on n'a pas assuré. On aurait dû voir venir l'attaque sur le gamin…

— Et c'était à moi de payer pour tes conneries et celles de tes copains ? J'aurais pu y rester ! Et Mike… Je l'ai vu tomber, Duncan. J'ai vu ses yeux. Il n'a pas compris pourquoi il avait mal. Il a eu si peur, quand il a compris qu'il était en train de mourir…

Le jeune homme détourne la tête.

Il revient à la charge quelques secondes plus tard, l'œil mauvais, les sourcils froncés.

— Je t'ai appelée je sais pas combien de fois. Je t'ai laissé des messages et t'as même pas répondu !

— Ça fait plus d'une semaine que mon téléphone est mort. Je te l'avais dit…

— T'étais où pendant qu'on avait besoin de toi, hein ? Jamie, Russell et d'autres sont dans un sale état, merde ! Et toi, toi tu penses qu'à ton petit cul…

Il laisse sa phrase en suspens, marche de long en large, déroulant sa propre version de l'histoire, s'échauffant à mesure qu'il parle – Jada aurait dû shooter Sheik, Jada aurait dû rester avec eux au lieu de se barrer…

La jeune fille l'écoute en silence, consternée et blessée par ce qu'elle entend. En colère, également. On dirait leur mère, enfermée dans ses propres incohérences, dans son agressivité plutôt que de reconnaître son addiction à toutes les drogues passant sous son nez.

— J'appelle Marlo. Il m'a demandé de le prévenir quand tu rentrerais.

— Tu as vu l'heure ?

Haussant les épaules, il saisit son téléphone portable.

— Tâche de ne pas me foutre la honte, cette fois…

Jusqu'à ces derniers jours, jusqu'à cette nuit, la jeune fille s'est accrochée à l'image de l'aîné au grand cœur, devenu *bad boy* par nécessité, souvent en galère mais déterminé à la protéger. C'est un beau mensonge, bien mièvre, bien imbibé de guimauve, qu'elle s'est forcée d'ingurgiter pour ne pas voir la froide réalité.

Duncan, c'est le clone de leur mère version gangsta. Il s'accroche à son boss comme elle à ses dealers, prêt à tout pour s'assurer une place au chaud à ses côtés – y compris exploiter le talent médical de sa petite sœur et la forcer à tuer pour lui.

Cette journée, cette rencontre avec la lionne blessée lui ont ouvert les yeux.

Il n'y a rien à attendre de Duncan.

Rien du tout.

Reste à trouver le moyen de partir sans éveiller ses soupçons.

— Jada est là, je te la passe, dit son frère, du ton sérieux et concerné qu'il adopte dès qu'il s'adresse à Marlo.

Et il lui tend l'appareil. Un instant plus tard, la voix grave de Marlo résonne dans son oreille.

— Bonsoir, jolie Jada. Où étais-tu cachée ?

— Loin des balles.

— Tu ne me demandes pas comment je me porte ? interroge-t-il d'un ton moqueur.

Il est conscient, bien sûr, qu'elle ne l'aime pas.

— Tu m'en as pas laissé le temps.

— C'est vrai ! Eh bien, sache que je suis en pleine forme et de très bonne humeur. D'ici demain, j'aurai récupéré plusieurs soldats et un nouveau territoire. Et très bientôt, je tiendrai en laisse une reine. Queen sera la nouvelle mascotte des Twen5.

— Oh...

— Tu vois, tu as bien fait de la libérer.

Comme Jada le craignait, Marlo a deviné qu'elle a touché exactement la cible visée. Elle aurait dû tirer sur Sheik, le blesser à défaut de l'abattre. Dans la logique du boss des Twen5, elle a commis une faute, elle a une dette envers lui.

— Bien sûr, ce n'était pas ce que je t'avais demandé. C'était une initiative intéressante, cela dit. Mais j'espère qu'à l'avenir, ça ne se reproduira pas.

— Non, Marlo. C'est promis.

— J'aime te savoir raisonnable, jolie Jada. Alors, à bientôt, car j'ai des projets pour toi…

Rester calme. Posée, comme toujours. Rendre le téléphone à Duncan, aller chercher son sac plein dans la chambre. Et, pour se donner du courage, penser à Queen, à sa grosse patte posée sur elle, à l'étrange chaleur qu'elle a sentie dans son cœur quand le contact entre elles s'est établi.

— Tu vas où ?

— À la salle de boxe de la 45e, répond-elle avec un sourire las. Elle a été transformée en refuge pour les gars blessés, et Marlo m'a demandé d'y aller pour les soigner.

— Tu veux que je t'accompagne ?

En réponse, Jada montre le flingue qu'elle conserve sous sa veste.

— Non merci, je devrais m'en sortir comme une grande.

Sans lui laisser le temps de répliquer, elle claque la porte de l'appartement.

*

Quelques minutes plus tard, elle s'enfonce dans les rues enténébrées des Heighs, concentrée sur la lionne qu'elle va retrouver pour mieux ignorer la misère et les dangers dissimulés dans les ombres.

Queen

Bruit sourd. Craquement.

Arrachée à sa somnolence fiévreuse, Queen se redresse. Désorientée durant quelques secondes de ne pas reconnaître ce qui l'entoure, de n'entendre d'autre bruit que les grattements de pattes minuscules, elle se fige, sens en alerte.

Ce sont des opossums ou des ratons laveurs. Il n'y a aucun danger, ici. Elle est en sécurité.

La lionne se lèche les pattes pour évacuer la tension, interrompt rapidement sa toilette.

Sa tête est lourde, sa gorge sèche. Son épaule la brûle. Elle déglutit plusieurs fois pour chasser sa nausée avant de plonger la gueule dans la bassine d'eau que lui a laissée l'humaine. Jada.

Il y a des traces de son odeur, mais elle n'est plus là.

Queen se lève, et la douleur irradie. Elle grogne, se traîne de l'autre côté de son antre pour y faire ses besoins. Ici comme dans son ancienne cage, impossible de les enfouir. Avec un nouveau grognement, elle s'allonge de nouveau sur sa couche moelleuse, soupire.

Elle dérive entre des fragments de rêves et de souvenirs : la chaleur rassurante de la matriarche du clan, au pays des herbes jaunes, les aboiements stridents, le rugissement profond du vieux mâle, le regard émerveillé de Jada, le sable imprégné de sang, les hurlements et encouragements des spectateurs dans l'arène, le sol dur sous ses pattes, sa fuite entre les maisons, l'or brun de la savane au crépuscule, l'obscurité glaciale de la cage, la main de Sheik sur sa tête, les coups, les morsures des chiens, la douceur de l'ombre au pied du grand cèdre près des autres lions, la vie de ce rat volée par caprice, la flamme chaleureuse du cœur de cette fille qui l'a suivie jusqu'ici…

Un bruit de pas l'arrache à sa somnolence fiévreuse. Des pas feutrés. Des pas humains, hésitants. Jada est de retour. Queen la reconnaît à sa respiration saccadée, à sa manière de se déplacer, à l'empreinte invisible qu'elle laisse dans l'atmosphère. Un rai lumineux la précède, l'éblouit quand la porte s'ouvre devant la jeune humaine. Queen détourne la tête. Le faisceau s'éloigne, assez pour qu'elle puisse de nouveau ouvrir les yeux et observer.

— Je suis désolée… Je ne voulais pas t'aveugler… Attends, je vais arranger ça…

Il y a beaucoup de bienveillance, de sincérité en Jada. Sans compter cette considération qu'elle lui manifeste, si différente de la crainte que la lionne percevait chez Jay, Dee et les hommes soumis à Sheik.

Jada sent moins fort que tout à l'heure : les relents de sueur, de poussière, de peur, de métal, de bitume se sont effacés, laissant l'odeur de sa peau, plus suave, s'affirmer. Pour le moment, elle s'agite à proximité du mur, s'efforçant manifestement d'incliner la lumière d'une façon satisfaisante ; son cœur bat vite – une autre de ses caractéristiques. Queen ne perçoit cependant aucune colère, aucune violence en elle, à peine quelques nuances de frustration. Enfin, Jada termine son installation et se tourne dans sa direction.

Elle s'accroupit, ouvre un gros sac, en tire plusieurs objets, les pose devant elle. Leur odeur, âcre, vaguement métallique, lui est familière. Elle lui rappelle Doc, qui la soignait quand ses blessures devenaient trop douloureuses après les combats. Il n'était pas malveillant, Doc.

Effrayé, ça oui.

Encore plus par Sheik que par elle.

Sa peau, gris-blanc, dégageait une moiteur désagréable. Quand Doc s'est approché d'elle pour la première fois, il claquait des dents à force de réprimer son affolement. Puis il a tenté de la toucher : Queen s'est retournée avec un rugissement, lacérant son bras d'un coup de patte puissant, prête à bondir. Rien de personnel. L'instinct pur. Le châtiment a été terrible et immédiat – brûlure, pointes irradiant sa gorge, terreur, impossible d'y échapper. Plus jamais Queen n'a recommencé, ses pulsions combattues par la panique de cette souffrance renouvelée.

Des images fragmentées émanent de Jada, des bouffées de panique également. Des humains au regard mauvais, des voitures hurlantes, sa blessure, des mains arrachées d'un coup de croc, un terrible sentiment d'impuissance, ce refuge dans l'obscurité, ce refuge comme une cage pour elles deux.

Jada a peur.

Jada est inquiète.

Jada se fait du souci pour elle.

Une fois encore, Queen est surprise par ce sentiment si peu familier lorsqu'il provient des humains.

Jada est déterminée, également : ses mains ne tremblent pas pendant qu'elle se prépare ; son souffle est profond, à la fois bruyant et régulier.

— Voilà. C'est prêt. Je n'ai jamais fait ça, Queen. Enfin, si… sur des humains. Alors, j'ai un peu la trouille… Queen… Queen, ça te va bien… Queen, il faut que tu me permettes de désinfecter ta plaie… d'ôter les fragments de balle, s'il y en a… Je sais que tu es une dure à cuire… Avec toutes ces cicatrices… Mais là, c'est différent… S'il te plaît…

Avec lenteur, Jada pose les mains sur son dos. La chaleur qu'elles dégagent, d'abord douce, s'intensifie à mesure qu'elle les déplace vers son épaule. Un grognement bas s'échappe de sa gorge. Aussitôt, la fille s'écarte.

— S'il te plaît, Queen…

La lionne déglutit plusieurs fois, se lèche les babines, soupire. Doc paniquait à l'idée d'être abattu ou dévoré. Jada ne panique pas. Elle craint juste de ne pas réussir à l'aider. Queen rugit. Une fois. Deux fois. Dix fois. Elle lui permet cependant de la toucher de nouveau, avec l'étrange impression d'être brûlée par ce contact. Puis de poser des choses humides et piquantes sur ses chairs à vif. Puis de gratter, mouiller de nouveau la blessure. Plusieurs fois, elle sort les griffes, prête à se retourner.

La mémoire de la douleur qu'on lui a infligée lorsqu'elle a voulu attaquer Doc est plus forte que le reste.

Alors, elle fugue. Loin, très loin. Auprès de son clan.

*

La matriarche et les autres lionnes sont en chasse. Un gnou qu'elles ont réussi à isoler des siens tente de leur échapper, de retrouver la sécurité de l'immense troupeau. Il y parvient presque, provoquant une vague de panique parmi ses congénères. Queen les rejoint, bondit, s'agrippe à la croupe du grand ruminant. Celui-ci bascule sur le côté. La matriarche le saisit à la nuque et sectionne d'un coup de crocs ses vertèbres. Escortée par ses compagnes, Queen commence à le traîner vers le sommet de la colline, se délectant du goût cuivré du sang dans sa gueule. En contrebas, le martèlement de milliers de sabots sur le sol ressemble aux battements d'un cœur.

BOUM. BOUM. BOUM.BOUM. BOUM.

*

BOUM. BOUM. BOUM.

… de son propre cœur.

Jada se lève, prend le récipient d'eau, quitte la pièce.

Queen renifle son épaule. Les effluves nauséabonds ont presque disparu, remplacés par un mélange d'acidité et de terre fraîche. Elle a de nouveau soif. Elle est fatiguée, vidée de ses forces. D'une certaine façon, contenir son instinct sous la menace lui était plus facile.

Cette nuit, ne pas réagir lui a demandé un immense effort.

Jada revient, pose l'eau fraîche devant elle. Queen lape, encore et encore, jusqu'à ce que le récipient soit vide. Après avoir bu, la lionne se sent un tout petit peu mieux. Elle essaie de s'étirer, son épaule la lance aussitôt. Elle renonce avec un feulement de frustration.

De nouveau, un contact doux sur son dos, qui remonte jusqu'à son cou. Son cou enserré depuis si longtemps dans ce collier qu'elle a fini par s'en accommoder. Jada triture, grommelle – et sa colère n'est pas dirigée contre elle.

— C'est bon… Tu es libre… Oh mon Dieu… Ton cou…

Plus de colère, à présent. De la tristesse. Et cette chaleur qui émane d'elle et résonne avec celle de son propre cœur.

Confiance. Réconfort.

Ses mains, cette fois, l'enveloppent avec douceur pour la libérer de douleurs et de tensions dont Queen n'était même plus consciente.

Quelque chose grandit entre elles, impalpable et pourtant vibrant. Quelque chose qui ressemble à une proximité, une familiarité. Cette fois, quand Jada recommence à presser des choses humides et piquantes contre sa peau, Queen ne rugit pas.

Confiance. Réconfort.

Ces deux sensations ne la quittent pas.

Confiance, réconfort.

Elle s'allonge lourdement sur le côté, ferme les yeux. La présence, à ses côtés, s'efface…

*

Queen sommeille, blottie tout contre sa sœur. Non loin, la matriarche, dont la respiration régulière les enveloppe d'un souffle protecteur. Queen est fatiguée, blessée. Elle est ici pour se ressourcer. Mais cela ne suffira pas : il lui faut manger pour reprendre des forces. Le gnou que le clan a tué ne lui apportera pas l'énergie dont elle a besoin. Pour guérir, elle doit retourner de l'autre côté, au pays du bitume et des hommes. Elle le sait, Queen. Plusieurs fois, elle a voulu rester avec les siens, espérant que la viande fraîchement tuée par les lionnes parviendrait à la rassasier assez pour lui permettre de demeurer au sein du clan. La faim, les besoins de son corps, son corps de chair, l'ont ramenée dans sa cage.

C'est différent, aujourd'hui.

Elle le devine, Queen.

Comme elle devine que cette vérité émane de la matriarche aux yeux d'ambre, au corps massif et balafré, à la bienveillance pleine de sagesse.

Il y a quelqu'un de l'autre côté.

Quelqu'un dont le cœur est sincère.

Une autre sœur ?

Jada

La nuit dernière, Jada a fait un rêve étrange.

Un rêve d'herbes hautes, jaunies, et de soleil intense. Un rêve d'arbres aux frondaisons immenses sous lesquelles s'étendre pour se reposer. Elle n'était pas seule. Queen se tenait à ses côtés, veillant sur elle de son regard d'ambre tranquille.

Jada aurait aimé demeurer plus longtemps, là-bas, en sa compagnie.

La réalité des Heighs, avec ses voitures roulant vitres ouvertes sur des rythmes fracassants, ses cris, ses sirènes et ses coups de feu toujours trop proches, l'a réveillée bien trop tôt.

Cela fait trois jours que Jada et Queen se sont réfugiées dans la maison abandonnée. Trois jours qu'elle la veille et la soigne, émue que cette dernière lui accorde sa confiance, lâchant prise un peu plus chaque fois que les mains de la jeune fille se posent sur sa blessure, brûlent l'abcès et atténuent la douleur. Ce contact, cette chaleur l'apaisent. Alors, Jada se concentre un peu mieux, visualise un peu plus précisément les énergies qu'elle utilisc – lc fcu pour purifier, l'eau pour apaiser – lorsqu'elle la soigne ainsi. Elle est à la fois étonnée et heureuse de se rendre compte que ce talent qu'elle n'a jamais utilisé ouvertement avec des humains, au point de douter parfois de son existence, est finalement aussi réel qu'efficace. Elle ne connaît toujours pas l'origine de son don, Jada. Hannah croyait dur comme fer que sa mère l'avait et le lui avait transmis, même si la pauvre n'en n'avait pas conscience. Jada, elle, se dit qu'il saute peut-être des générations.

En tout cas, il existe bel et bien. Aujourd'hui, elle est heureuse de pouvoir l'utiliser.

Quand Jada frotte la plaie pour remplacer le cataplasme d'argile, Queen rugit encore un peu, mais cela ne l'effraie plus. Jada a compris que c'est sa façon d'évacuer son stress et sa souffrance.

Jada fait de son mieux pour éviter que l'infection se propage dans le sang de la lionne. Les doses d'argent colloïdal, elle les connaît pour un humain. Pas pour une bête de trois cents livres, au moins ! Alors, elle y est allée à la louche, priant pour que cela soit efficace. Ce matin, la plaie était saine. Saisie d'une intuition, elle a fermé les yeux et posé les paumes de chaque côté de la tête de Queen. Elle s'est connectée à son souffle et a laissé son talent de guérisseuse la guider dans le corps de l'impressionnante prédatrice. Elle n'y a décelé aucun miasme, aucune fièvre – juste de la fatigue et de la faim.

Hier, Queen a dévoré un gros raton laveur qui squattait l'arrière de la maison. Et Jada s'est débrouillée pour lui rapporter des steaks, cuisses de dinde et autres morceaux de viande sous plastique du mini-market glauque situé derrière la station-service.

Le problème, c'est qu'elle ne se contentera plus très longtemps de ces expédients. Il lui faut de la viande, des os à broyer.

Dans les Heighs, il n'y a rien pour elle. Jada se voit mal chercher du côté du réseau de Sheik. Ce serait stupide et dangereux. Puisque Marlo a décidé de récupérer les activités de l'ancien ganger, il va reprendre contact avec eux, c'est évident.

Et puis, elles ne peuvent plus demeurer ici très longtemps.

Marlo a déployé ses troupes.

Pour traquer la lionne, bien sûr.

Et pour la retrouver.

Il n'aime pas qu'on lui échappe, Marlo. Encore moins qu'on le mette en échec. Il y va de sa réputation. Jada a recousu, réparé, soigné une bonne partie des Twen5, mais aucun d'eux ne lui viendra en aide. Le gang, c'est leur vie. Leur loyauté va à leurs frères avant tout.

Surtout, ils crèvent de trouille à l'idée de s'opposer à leur boss.

J'ai besoin d'aide.

Mais Jada n'a pas grand monde à contacter. Pas grand monde en qui elle peut avoir confiance. Si seulement Hannah était encore là ! La vieille infirmière l'aurait traitée de folle, sans doute. Et n'aurait pas hésité à lui venir en aide. Mais Hannah est morte…

Elle me manque tellement !

Jada soupire, la gorge nouée. Queen l'observe, à l'autre bout de la pièce. Quand elle croise ses yeux d'ambre, une vague de douceur la traverse. Queen comprendrait-elle ses émotions ? Tenterait-elle de la réconforter ? Ce n'est peut-être qu'une illusion, mais Jada a envie d'y croire. En écho à ce désir, une onde de chaleur se répand dans son cœur. De nouveau, elle regarde Queen. Celle-ci cligne des yeux. Un ronronnement apaisant naît dans sa gorge.

Oh. Mon. Dieu. C'est la réalité.

Jada change de pièce pour se donner le temps de digérer ce qui vient de se passer. La cuisine en ruine la ramène à ses préoccupations. Qui peut les aider ?

Mentalement, elle dresse une liste.

Frances, qui a ouvert une salle de *self defense* réservée aux femmes du côté du parc ?

Frances les a récupérés plusieurs fois, Duncan et elle, quand ils étaient gamins et que leur mère n'était pas en mesure de s'occuper d'eux. Ensuite, Jada a fréquenté son cours pendant quelques années. Entre les études et le reste, ça fait un moment qu'elle a cessé d'y aller. Frances l'aime bien, mais risquerait-elle sa peau pour la protéger ? Sans doute pas. Encore moins depuis que Marlo règne sur le quartier.

Nicole et Tania, ses seules amies ?

Impossible. D'abord, parce que ça fait une éternité qu'elle ne prend plus le temps de traîner avec les deux filles. Après les cours, Jada file chez elle pour étudier. Nicole et Tania ont du mal à comprendre ça et se montrent de plus en plus distantes avec elle. De toute façon, que pourraient-elles faire ? Ce sont des ados comme elle, qui s'efforcent tant bien que mal de protéger leurs rêves et leurs espoirs de la misère des Heighs. Et puis, Nicole est tellement trouillarde que la seule vue d'un chat la terrifie. Alors, un fauve…

Elle regagne la chambre, sourcils froncés.

M. Ferrara, son prof de biologie, peut-être ? Il la connaît assez pour savoir qu'elle sert d'infirmière aux

Twen5 et à d'autres gens du quartier. Il sait aussi qu'elle travaille comme une dingue dans l'espoir d'obtenir une bourse pour l'université. Grâce à lui, Jada a pu s'inscrire aux cours de sciences naturelles réservés aux élèves des deux dernières années de lycée. Elle a également récupéré plusieurs ouvrages de médecine et de biologie. Ferrara lui a même donné ses coordonnées, à la fin d'un cours dans lequel elle s'était montrée particulièrement distraite, quand elle lui a confié que la vie ces derniers temps devenait compliquée. Ferrara saura peut-être comment nourrir un fauve et s'en occuper ?

Queen s'étire avec un grognement.

Oui. Ferrara est un bon choix.

Enfin, le moins mauvais, en tout cas.

Jada tire un carnet de son sac, le numéro de son prof est inscrit sur la dernière page, avec quelques autres – celui de la pharmacie, celui de Frances, aussi. Soucieuse, elle tripote le téléphone jetable, acheté en même temps que les steaks que sa compagne a déjà engloutis, et retourne dans la cuisine pour éviter de communiquer son anxiété à la lionne.

Une fois seule, Jada prend une grande inspiration.

C'est parti !

Rapidement, histoire de ne pas avoir le temps de

changer d'avis, elle pianote le numéro sur son clavier. Une sonnerie, deux sonneries…

— Alvin Ferrara…

Il a décroché.

Jada ne peut plus reculer.

— Bonjour, m'sieur. C'est Jada.

— Jada ! Je suis heureux de t'entendre ! Tout va bien ? Je m'inquiétais de ne plus te voir en cours…

— Justement, m'sieur. C'est pour ça que je vous appelle. Comme vous m'avez dit de ne pas hésiter…

— Tu as besoin d'un hébergement ? Aucun problème, ma femme et moi…

— Non. C'est pas tout à fait ça. C'est plus compliqué. En fait, je peux plus rentrer chez moi. Ni même aller au lycée, je crois, ajoute-t-elle, prenant soudain conscience de ce que signifie réellement ce qu'elle dit. Si les Twen5 me retrouvent, je suis morte. Et je ne peux plus compter sur mon frère pour me protéger, encore moins pour me filer un coup de main. Il est… Il a beaucoup changé.

— Je sais ce que tu penses de la police, Jada. Mais tous ne sont pas des monstres, crois-moi. Tu devrais aller les voir. Je peux t'accompagner, si tu veux…

— Non. J'ai pas confiance en eux. Et puis, de toute façon, c'est impossible, là.

— Explique-moi, alors, demande-t-il doucement.

— OK. Ça va vous paraître dingue. Il y a quelques jours, j'ai récupéré une lionne. Une vraie lionne. Queen. Elle appartenait à Sheik, l'ancien boss des Lords. Il l'utilisait pour des combats. Quand il s'est fait descendre, Marlo a décidé de la récupérer.

— Une lionne… ?

— Oui, m'sieur. Ce n'est pas une blague, je vous le promets. Maintenant, Queen est avec moi. Et elle est blessée. Bon, j'ai réussi à éviter le pire, je pense, mais…

— Tu l'as… soignée ? souffle-t-il – et Jada devine son angoisse et son incrédulité.

— Oui. Elle en a vu d'autres. Je l'ai sentie complètement crispée, vous savez ; comme si elle se retenait de se jeter sur moi chaque fois que je m'approchais de la plaie. Je ne veux pas savoir comment ils s'y sont pris pour lui apprendre à rester tranquille. Mais au moins, elle n'a pas bougé. Et maintenant, ça va…

— Jada, tu es consciente que ta vie est en danger, là ? Tu es… avec un fauve, un animal sauvage…

— Queen est bien moins dangereuse que Marlo, croyez-moi.

Il ne répond rien.

— Je n'ai pas peur d'elle, m'sieur. Queen est plus ou moins apprivoisée. Elle a confiance en moi. Et moi… Moi, c'est pareil. Elle ne m'attaquera pas. Je peux pas vous expliquer comment ni pourquoi, mais j'en ai la certitude. Elle et moi, on est… comme des âmes sœurs… Vous savez, je viens juste de réaliser, là, en vous parlant, que je dors enfin… Je veux dire… Je dors vraiment ! Sans avoir la trouille d'être réveillée au milieu de la nuit par une urgence, une descente de flics ou un flingue sur la tempe…

— D'accord, Jada, concède-t-il enfin. Je comprends. Il me semble cependant que la place de cette lionne…

— … n'est pas ici. Je suis bien d'accord avec vous. Mais il est hors de question qu'elle finisse dans un zoo. Ce ne serait pas juste, vous voyez ? Du coup, je me suis dit que le Yellowstone…

— Comme tu l'as souligné, l'interrompt-il, cette lionne est apprivoisée. Elle ne saura probablement pas se débrouiller seule. Sans compter que ce n'est pas son milieu naturel. Ce serait dangereux de la libérer là-bas…

— Je n'avais pas pensé à ça…

— Je crois qu'il existe des associations qui recueillent les animaux comme elle. Ceux qui ont été enfermés dans des cirques, par exemple. Je n'ai pas de nom en tête pour le moment, mais je vais me renseigner. D'accord ?

— D'accord, murmure Jada.

— Et pour le reste…

— Pour le reste, ne vous en faites pas, m'sieur. Les Twen5, je les connais par cœur. Je me débrouillerai. C'est pour Queen que je me fais du souci. Je ne sais pas comment la nourrir. Je veux dire, je ne pourrai pas dévaliser très longtemps le rayon boucherie du supermarché du coin. D'abord, je n'ai pas beaucoup d'argent. Ensuite, c'est pas ça dont Queen a besoin. Elle ne m'attaquera pas. Jamais. Mais si elle décide de se mettre en chasse…

— Mon oncle Tony est un ancien boucher. Il a un caractère épouvantable et un cœur en or. Je vais le contacter. Je suis sûr qu'il acceptera de t'aider. Je ne lui dirai pas que c'est pour nourrir un fauve, ajoute-t-il après quelques secondes de réflexion. Je lui parlerai de gros chiens, ce sera plus sûr.

— Moins bizarre, aussi. Merci.

— De rien, Jada. Ce numéro…

— … C'est celui de mon téléphone jetable.

— Très bien, je dirai à Tony de t'appeler, si ça te va. À moins que tu préfères me dire où te retrouver ?

Jada réfléchit. Elle a confiance en lui. Mais pas au point de lui révéler leur planque, à Queen et elle. Il suffit que son professeur change d'avis, prévienne la fourrière ou les flics. Et que se passera-t-il s'ils encerclent la maison, tentent de capturer Queen et que la situation dégénère ? Ils la tueront sans hésiter.

— Je vous rappellerai demain. Vous me donnerez les coordonnées de votre oncle et je lui indiquerai un lieu sûr, pour lui comme pour moi. Les Twen5 rôdent dans le quartier. Marlo veut récupérer Queen. Et me cherche, dans la foulée. S'ils nous tombent dessus, ils auront tiré le gros lot…

— Je n'aurais jamais imaginé demander ça un jour à l'une de mes élèves. Je n'aurais jamais imaginé *te* demander ça un jour, Jada. As-tu une arme pour te protéger ?

De nouveau, la jeune fille hésite. Il pose beaucoup de questions, Ferrara. D'un autre côté, elle a choisi de l'appeler au secours : il est son seul recours, le seul en qui elle peut avoir confiance.

— Ne vous inquiétez pas pour ça, répond-elle. J'ai ce qu'il me faut. Je n'ai pas le choix.

— Très bien, déclare-t-il. Ça me rassure un peu.

Quelques minutes plus tard, Jada rejoint la lionne dans la chambre d'enfant abandonnée. Celle-ci, occupée à se toiletter, lui tourne le dos. Saisie d'une bouffée d'inquiétude, elle hésite à s'approcher de la bête balafrée.

Et si j'avais fantasmé tout ça ? Notre lien inexplicable, cette chaleur dans mon cœur quand nos regards se croisent… Il lui suffirait d'un coup de patte et…

À cet instant, Queen tourne la tête vers elle et l'accueille avec un sourire dans les yeux, balayant ses craintes d'un ronronnement profond et sonore.

Queen

Venant de l'extérieur, des craquements, des couinements.

Des proies potentielles. Des proies ridiculement petites. Tant pis.

Queen déglutit. Elle a faim. Très faim. La viande que lui a apportée Jada était grasse, sans goût. Pas de sang, pas d'os à broyer. Juste une substance caoutchouteuse à mâcher, tout juste bonne à tromper cette sensation.

La lionne s'étire, se faufile en silence hors de son refuge et bondit de l'autre côté du mur. Dehors, le ciel est de plomb. Dans l'air, des relents d'orage et de fumerolles âcres. Au-delà de la maison, le chaos habituel des humains, vrombissements, crissements, cris, détonations, voix perçantes, énervées, joyeuses parfois.

Tant qu'elles restent lointaines, Queen ne se sent pas concernée.

Sous ses pattes, la terre et les plantes sèches, rugueuses et pourtant infiniment douces. Quelques pas, puis elle s'immobilise, gueule entrouverte pour capter l'essence de son environnement. Ses proies ne sont pas loin. Odeur différente de celle qu'elle a dévorée il y a peu. Elle s'approche à pas lents, perçoit leur présence, frémissement tout proche, se ramasse sur elle-même, observe.

Sept opossums. Petits. Agités. Bruyants. Absorbés par leurs chamailleries, ils ne lui prêtent aucune attention. Elle patiente, pourtant. Guette le bon moment pour les avoir tous en même temps. Ses muscles se tendent. L'excitation la gagne.

Elle attend.

Encore.

Et encore un peu.

C'est le moment.

Détente brutale, vibrante. Premier coup de patte. Second coup de patte, toutes griffes dehors. Des couinements de détresse, vite étouffés. Coup de croc. Saveur de la chair vive et tiède contre son palais. Satisfaction trop brève. En quelques minutes, elle a englouti le produit de sa chasse. Il ne reste que quelques touffes de poils poisseux sur le sol.

Queen grogne de frustration et hume l'air, en quête d'un autre gibier. Il y a un chien, près d'ici. Des rats, sur un tas de déchets aux effluves puants. Des corbeaux, sur une étendue d'herbe.

Un homme.

Un homme qui rôde autour de la maison.

Un homme inconnu, dont émanent pourtant des vibrations familières – frustration, anxiété, fébrilité, et un espace glacial qui l'environne, comme un bouclier contre le monde.

Queen se tapit dans les ombres. Une peur sourde et froide la gagne, conditionnée par les barreaux de sa cage, les privations, la solitude et les coups. Son ventre se noue. Ses griffes sortent et se rétractent, sa queue fouaille la terre, ses babines se retroussent en un rugissement silencieux. Il passe à quelques mètres d'elle sans la remarquer.

BOUM. BOUM. BOUM.

Des basses, vibrantes, violentes, résonnent soudain. L'homme projette une onde de stress autour de lui. Une onde qui reflue dès qu'il colle l'oreille à son téléphone. Il parle d'un ton haché, impatient. Il veut se débarrasser de la présence invisible qui l'importune.

Un grondement sourd naît dans la gorge de Queen.

Cet homme est dangereux.

Comme Jay. Non : pire que Jay – parce que cet homme n'est pas dans son état normal. Son cœur bat trop vite. Ses mouvements sont trop vifs. Presque saccadés. Elle en a croisé plusieurs, comme celui-ci. Surexcités. Imprévisibles. Instables. Capables de passer en un instant de l'enthousiasme à la peur, d'une vague somnolence à une rage meurtrière.

Ondes chaotiques, des images s'échappent de lui : *une arène... elle, au milieu des chiens... ses crocs retroussés... Sheik, baignant dans son sang... lui, pointant son arme sur elle et tirant...*

Tuer ou être tuée, elle connaît ça, Queen.

Chaque fois que les molosses étaient lâchés sur la piste.

Chaque fois que leurs dents s'enfonçaient dans son corps.

Chaque fois qu'elle faiblissait, qu'elle percevait la déception de Sheik.

Alors, une déferlante la submergeait, exprimant le temps d'un combat sa rage, son instinct désespéré de vivre.

Tuer ou être tuée.

Oui, elle connaît ça.

Même si ce n'est pas dans sa nature, même si, comme ceux de son espèce, elle préfère le calme et la paix. Et elle sait exactement comment agir. Elle se lève, se coule le long du mur avec les premières gouttes de pluie, se rapproche à pas lents de l'inconnu. Il est entré dans la tanière qu'elle partage avec Jada. Il va de pièce en pièce, fouille. Lance brusquement des exclamations victorieuses, fier d'avoir pénétré leur territoire, de les avoir débusquées, Jada et elle.

Débusquées.

Ce mot se diffuse tout autour de lui, le remplit de satisfaction.

Ce mot lui donne de l'importance. Elle reconnaît ce sentiment. C'était celui que Sheik éprouvait lorsqu'elle se tenait à ses côtés et, par sa seule présence, imposait aux autres humains un respect mâtiné de peur. Dans ces moments-là, Queen sentait qu'il était satisfait d'elle. Alors, pour lui plaire, pour recevoir un peu de chaleur, un peu d'attention, elle s'étirait, grognait, juste comme ça. Les hommes s'écartaient avec crainte et il en tirait encore plus de fierté, s'en gavait même. Comme cet intrus, cet intrus qui les a *débusquées* et lui tourne le dos alors même qu'il a pénétré sur son territoire.

Lentement, elle s'approche.

BOUM. BOUM. BOUM.

Encore ces rythmes lourds, agressifs.

Il sursaute, saisit de nouveau le téléphone. Cette fois, il s'exprime en gigotant, exsudant une sueur aux relents de maladie. Son timbre, rapide, se perd dans les aigus.

Il est sous tension. La présence invisible que la lionne devine, et à laquelle il s'adresse, l'angoisse terriblement. Distrait, il s'accroupit, étale par terre les affaires de Jada, se dirige vers l'extrémité de la pièce où elle entasse ses excréments.

De nouveau, l'intrus exulte, s'exprime avec de grands gestes inutiles.

Il se tourne vers Queen, au moment précis où elle avance, à pas lents, mesurés, sur lui.

Il hurle, laisse échapper son boîtier noir et plat. Celui-ci tombe avec un bruit mat – une voix froide et sèche s'en échappe. La lionne attaque. Un coup de patte ravive sa blessure. Une douleur brûlante irradie son épaule et lui arrache un grondement. L'homme recule précipitamment, laissant dans son sillage un parfum d'urine et de peur. La porte claque. Il se réfugie hors de portée. Sa queue fouettant l'air, irritée par cette fuite comme par sa souffrance, Queen bondit. Le battant friable s'effondre sous son poids. Par la trouée dans le mur, l'inconnu détale dans les ombres du crépuscule naissant. Elle le poursuit jusqu'à la palissade qui marque la frontière de son territoire, l'observe qui glisse sur l'asphalte humide, se relève avec un couinement pitoyable, disparaît avec un ultime regard affolé dans sa direction.

Satisfaite, la lionne s'assied sur son arrière-train et commence à se lécher les pattes pour évacuer la tension dans ses muscles et apaiser son esprit. Le territoire qu'elle protège, partage avec Jada est minuscule. Elle s'en accommode cependant. Et le considère comme un refuge convenable pour le drôle de clan qu'elles forment, toutes les deux. Venus de l'autre côté de la maison, une respiration et un battement de cœur familiers attirent son attention.

C'est Jada.

Elle rebrousse chemin pour accueillir la fille à laquelle elle a accordé sa confiance. À peine l'a-t-elle rejointe que la lionne hume une odeur savoureuse. Un grognement de plaisir naît dans sa gorge, quand sa compagne vide à quelques mètres d'elle le contenu d'un grand sac imprégné de sang. Aussitôt, elle se jette sur les morceaux de viande, croquant avec délectation les os, déchiquetant les fibres tendres à coups de croc.

Tout entière concentrée sur son repas, elle met un moment avant de percevoir la consternation et l'inquiétude de Jada.

Jada

D'abord, ces affaires éparpillées sur le carrelage. Ensuite, la mare jaunâtre, la porte de la cuisine défoncée et l'écran d'un téléphone, figé sur l'instantané d'un ventre indéniablement félin. Jada est restée quelques minutes immobile, indécise et consternée, avant de se décider à saisir le portable pour l'examiner. Elle regarde les derniers numéros. L'un d'eux, non identifié, apparaît à la fois dans la catégorie « récents » et « manqués ».

Elle fouille les dossiers de l'appareil, en quête d'indices : parmi les photos, son frère, TJ, Mike et d'autres Twen5, Maria, une fille aux yeux immenses, aux lèvres couvertes d'un gloss brillant. Le répondeur contient une bonne dizaine de messages.

« Gavin, tu n'as pas laissé tomber ton téléphone. Tu n'as pas laissé de trace de ton passage. Dis-moi que tu n'as pas fait ça… »

Jada blêmit en reconnaissant la voix de Marlo.

« Si, bien sûr. Tu l'as fait, sinon tu aurais déjà répondu à mes appels. »

La respiration de la jeune fille s'accélère. Ses genoux se dérobent sous elle, au point qu'elle est obligée de s'appuyer contre le mur pour ne pas tomber.

« Gavin, je suppose que tu n'es pas mort. Si tu l'es, par la faute de cette lionne ou de notre chère Jada… je te promets que tu seras vengé… Si tu ne l'es pas, mais que tu as été obligé de fuir… Eh bien, je ne suis pas ta mère pour te dire de faire attention à tes affaires, mais j'espère pour toi que la mémoire de ton téléphone ne contient rien de fâcheux. Je l'espère vraiment… En attendant, si la personne qui écoute ce message est, comme je le soupçonne, Jada… Sache, jolie Jada, que je ne… »

Le message s'interrompt. L'écran devient noir. Plus de batterie. Ce n'est pas grave. Jada a compris l'essentiel. Ce n'est qu'une question de temps, d'heures, pas plus, avant que le gang ne les retrouve.

Elles doivent partir, et vite. Fuir, le plus loin et le plus discrètement possible de cette maison avant que les Twen5 ne leur tombent dessus. Elle jette un coup d'œil rapide à Queen. La gueule rosie de sang, les yeux mi-clos, celle-ci déchiquète des lambeaux de chair, une patte posée sur un os énorme – le fémur d'un bœuf, probablement. Tony, l'oncle de son ancien prof, lui a fourni un Caddie entier de viande pour « nourrir ces pauvres chiens ». Il lui a même proposé d'en accueillir un chez lui pour tenir compagnie à son vieux bouledogue.

L'intention était gentille.

Le problème, outre le fait que Queen n'est pas un molosse en détresse mais un fauve, c'est qu'elles ne peuvent débarquer chez lui comme ça. Pas plus que chez Ferrara. En plus du danger évident que représente sa compagne, il y a les Twen5. Ils n'hésiteront pas à s'en prendre à leurs proches, à les massacrer, juste parce que les deux hommes les auront hébergées.

Qu'est-ce qu'on fait ? Comment on fait, surtout ?

Avec un chien, même un pit-bull cabossé, il n'est pas difficile de se fondre dans l'anonymat. Mais Queen est une lionne. Et, même si elle a été conditionnée, avec une violence écœurante, pour accepter le collier et la laisse, il est impossible qu'elle passe inaperçue dans les Heighs. À moins de se déplacer de nuit, en totale discrétion. Pour cela, il lui faut son entière coopération.

Et on va où ? Dans un parc ? On squatte une autre planque en attendant que Ferrara trouve LA solution ?

Un long rugissement, rauque, presque douloureux, l'arrache au chaos de ses réflexions. Queen a cessé de manger. Immobile, aux aguets, elle rugit de nouveau. Et encore. Et encore.

Merde ! Tout le quartier va l'entendre !

— Queen, s'il te plaît…

Elle recommence. Des chiens aboient.

Dans le ventre de Jada, un sentiment d'urgence.

Queen continue de rugir, à intervalles réguliers. Jada perçoit des images fugitives de silhouettes en mouvement, un mélange de stress et d'excitation, qui ne lui appartiennent pas. Intrusion. Danger. Les mots résonnent en elle au moment même où elle s'interroge sur la nature de ses perceptions.

Queen tente de m'avertir. Mais de quoi ?

Son cœur bat plus vite. Ses sens sont en alerte.

D'une main tremblante, elle saisit son arme. Prête à s'en servir pour les protéger.

Du moins, je l'espère…

Crissements de pneus. Portières qui claquent. Des voix qui se rapprochent. Les Twen5 ne prennent même pas la peine d'être discrets. Queen a perçu le danger, bien avant elle. Essayait-elle de la prévenir ? De les éloigner ? Difficile de savoir. Pas le temps de s'interroger. Dans le Caddie de Tony Ferrara, il reste des morceaux de viande protégés par des toiles de bâche. Rapidement, elle rassemble ses affaires éparpillées sur le sol, les pose dessus. Reste à convaincre Queen de la suivre.

Son cou est encore à vif. Je ne peux pas l'attacher. À moins de trouver un foulard...

Jada regarde autour d'elle, avise l'un des draps aux teintes passées abandonné dans la chambre. Elle en déchire un long ruban et s'approche de Queen, les jambes flageolantes, le souffle court.

— Je suis désolée, je n'ai pas le choix, faut qu'on y aille maintenant...

La lionne lui rend son regard et ce qu'elle lit dans l'ambre de ses iris, un mélange de confiance et de calme, l'aide à respirer de nouveau.

Comme des âmes sœurs. C'est ainsi que Jada a décrit à Ferrara leur lien naissant. Elle se rend compte à présent que ses mots étaient justes.

Comme des âmes sœurs. Mieux : ces mots sont une évidence, à présent.

— OK, c'est parti...

Avec délicatesse, elle passe le morceau d'étoffe autour du cou de Queen, si près de sa gueule qu'elle se prend dans les narines les effluves douceâtres qui en émanent et réprime un haut-le-cœur. Ses odeurs de fauve, l'âcreté de ses excréments, elle s'en est accommodée tant bien que mal. Mais ça...

Jada ouvre la porte. Queen retrousse les babines et lève la tête, comme si elle voulait avaler l'air autour d'elles. Jada tend l'oreille. Les Twen5 sont proches. Queen à ses côtés, elle se faufile dans le jardin.

Le ciel est d'un brun sale, mangé par la pollution et les lumières de la ville. De l'autre côté des palissades, les membres du gang qui s'interpellent, sans aucune précaution. Façades blanches, toits pentus, bois, plâtre et béton : ici, les maisons, à peine plus confortables que des mobile homes, se ressemblent toutes. Plus encore la nuit, puisque l'obscurité dissimule leur délabrement. Ils ne peuvent connaître l'emplacement exact de leur refuge. Une chance pour elles deux.

Et puis, à leurs yeux, je ne suis que celle qui les répare quand ils sont un peu abîmés. Quant à Queen, ils n'imaginent pas le lien qui nous unit, toutes les deux…

Aussi silencieuse que possible en dépit des cliquetis du Caddie, Jada se faufile dans l'obscurité de la ruelle et prend la direction de l'ouest. Comme les maisons, les rues se ressemblent et communiquent entre elles par les arrière-cours et les minuscules jardins. C'est un vrai labyrinthe, et une aubaine pour les membres du gang lorsqu'il faut échapper aux flics. Une chance, pour Queen et elle, cette nuit. Jada espère ainsi esquiver les Twen5 et quitter leur territoire. Ensuite, elles gagneront le couvert des bois qui bordent la rivière. Citadine depuis toujours, Jada ne s'y est jamais aventurée.

Elle suppose cependant que toutes deux seront en sécurité, là-bas. Du moins, le temps d'échapper définitivement au gang et de trouver une solution pour son amie. À ses côtés, cette dernière calque son pas sur le sien. Tellement synchronisée avec elle que la jeune fille en a des frissons. Au bout de l'allée, les ténèbres : cela fait longtemps qu'il n'y a plus de réverbère pour éclairer les rues. Discrètes, elles longent un mur de parpaings, de bois et de plastique, s'arrêtent à l'angle d'un premier croisement. En face, d'autres bicoques. Quelques-unes éclairées, la plupart plongées dans la pénombre. Personne. Plus loin, un bâtiment de briques couvert de tags, une ancienne bibliothèque. Elle est fermée depuis si longtemps qu'il n'y a même plus de bouquins à récupérer. Des *corner boys*, guetteurs sont installés sur les marches. Ils sont là pour signaler aux dealers des Twen5 toute présence suspecte – flics ou ennemis du gang.

De l'autre côté, les silhouettes des arbres, masses noires dans l'obscurité, délimitent une aire de jeux à l'abandon. Ensuite, d'autres allées, d'autres maisons, le mini-market sinistre où elle s'est approvisionnée ces derniers jours, un grand carrefour puis, frontières de bitume et de métal, les grands axes qui bordent le quartier. Une fois de l'autre côté, elles pourront respirer un peu.

Près d'elle, Queen se raidit. Un grognement sourd enfle dans sa gorge.

Jada l'apaise d'une main posée sur son garrot.

— Tout va bien, chuchote-t-elle. On va s'en sortir.

À cet instant, des sirènes retentissent, assez proches pour inquiéter les *corner boys*. Jada et la lionne traversent la route sans difficulté, se retrouvent saines et sauves à côté d'un vieux toboggan rouillé. Soudain, Queen se raidit, découvre ses crocs en un rugissement rauque. Jada se fige. Émergeant des ombres où ils étaient embusqués, TJ et son frère, flingue à la main.

— Jada, t'as vraiment déconné cette fois, lance TJ.

— Merde… T'es complètement tarée, ma parole ! siffle Duncan, reculant face à la lionne menaçante.

Percevant leur nervosité, Queen se ramasse sur elle-même, prête à l'attaque.

S'il te plaît… Reste près de moi, calme-toi… C'est mon frère… La famille…

La lionne se détend, imperceptiblement. La jeune fille recommence à respirer.

Elle attend quelques secondes, le temps d'apaiser sa propre colère et sa peur, avant de leur répondre.

— Non, je n'ai pas déconné, dit-elle d'un ton suffisamment paisible pour donner le change, rajustant d'une main sa veste pour y prendre discrètement son pistolet. Et je ne suis pas non plus *tarée.*

— Tu te rends compte ? Tu tiens une putain de panthère au bout d'une putain de corde ! Paraît qu'elle a déjà dépecé une centaine de chiens, et un ou deux mecs aussi… Et toi… Tu vas faire quoi si elle nous attaque ?

— Rien. Enfin, la protéger, sans doute, répond Jada en pointant lentement son arme sur eux. Duncan, TJ… Je vais vous demander de reculer et de nous laisser passer tranquillement. Et puis, d'oublier que vous nous avez vues. TJ… Tu te souviens l'an dernier ?

Le gangsta baisse la tête, gêné. À l'automne précédent, sa fillette de trois ans a été très malade. Un virus qui l'a laminée, aurait eu sa peau si Jada ne l'avait pas soignée. Duncan jette un coup d'œil à son ami, renifle, le sentant céder.

— Et on lui dit quoi, à Marlo ? Et s'il se rend compte qu'on lui a menti ? Il s'en prendra à ta môme, à sa mère…

TJ hésite, conscient que Duncan a raison.

— Duncan, quand maman s'est barrée, la première fois, tu m'as promis que tu serais toujours là pour moi.

— J'avais dix ans, Jada !

— Et moi, six. J'y ai cru pendant longtemps. Parce

qu'il me semble que c'est normal, entre frère et sœur. Et parce que chez les Twen5, on tient parole…

Est-ce la présence de Queen qui la rassure ? Est-ce parce que les enjeux sont trop importants pour échouer ? Jada, sa paume reposant contre la fourrure tiède de la lionne, son autre main tenant l'arme avec fermeté, redresse les épaules, consciente d'avoir les mots justes pour les convaincre de céder.

— Vous n'avez pas besoin de dire quoi que ce soit à Marlo. Si vous voulez absolument raconter un truc, parlez des flics qui font une descente dans le coin, ce ne sera même pas faux, souffle-t-elle en percevant les sirènes et les lumières bleues, toutes proches. Tiens ta promesse, Duncan, et oublie notre existence, à Queen et moi. TJ, nous serons quittes, après ça.

Tous deux échangent un regard, avant de s'écarter lentement de leur chemin.

Sans un mot, sans les quitter du regard, Jada entraîne la lionne de l'autre côté du quartier.

Queen

Étendue contre le flanc d'une compagne, Queen observe les lionceaux. Certains n'hésitent pas à attaquer avec férocité les adultes. Peut-être parce qu'il accepte paisiblement leurs débordements, y compris ceux des jeunes d'un an ou deux, le grand mâle à la crinière roux sombre est leur cible favorite.

Quand il en a assez, il se lève avec un rugissement bref, s'éloigne d'une dizaine de mètres et s'installe sur le rocher plat d'où il peut surveiller son territoire.

Les lions sont ainsi. Ils préfèrent l'affection et les jeux aux conflits, et fuient quand les forces en présence sont déséquilibrées. Queen s'étire et rejoint la matriarche à sa place favorite. Son histoire, elle la connaît bien, comme celle de tous ceux qui sont ici. C'est une âme courageuse, qui a donné naissance et élevé des générations entières, qui a surtout fondé son propre clan. Ici, les autres femelles sont ses deux sœurs et ses filles. Les mâles, la matriarche les a acceptés et choisis une fois les lionceaux assez grands, assez forts pour vivre leur vie et se défendre seuls.

Au loin, dans les herbes hautes, une silhouette filiforme et trouble. Une odeur familière, étrangère en ce territoire. Jada. Inquiète pour la jeune humaine, Queen effectue un pas en avant, tourne la tête vers la matriarche. Celle-ci cligne des yeux, diffusant autour d'elle une onde chaleureuse et rassurante.

Le foyer est avant tout celui que l'on crée avec ceux que l'on chérit. Peu importe le reste, tant que les cœurs sont en harmonie…

*

Queen s'éveille, percevant un mouvement non loin d'elle.

C'est Jada.

Son cœur bat vite. Elle est anxieuse, agitée. Pour la réconforter, la lionne roule sur elle-même, pose une patte sur son épaule, commence à ronronner. Surprise, émerveillement, chagrin. Tout se mélange, en Jada. Tout la submerge. En l'espace de quelques instants, les barrières de la jeune fille explosent. Secouée de sanglots, elle cherche un refuge contre son poitrail et s'agrippe à elle, secouée de larmes. D'abord indécise, la lionne entreprend de la lécher. C'est la meilleure manière qu'elle connaît d'apaiser les tensions, un trop-plein d'émotions. Et puis, peu à peu, elle s'ouvre à la tristesse de Jada, lui permet de se mêler à la sienne et de purifier, par ses larmes, des années d'isolement, de résignation, de peur et de solitude.

Ainsi, les souffrances accumulées en elle sont emportées avec celles de la jeune fille, laissant lentement place à une paix nouvelle et à la certitude d'avoir trouvé une sœur, un foyer.

*

Au-dessus d'elles, le vrombissement continu des véhicules. De l'autre côté des murs de tôle et de plastique sous lesquels elles ont trouvé refuge, de gros rats cachés dans des amas de rouille et de déchets nauséabonds. Plus loin somnolent deux hommes qui empestent la décrépitude et la faim. Il y en a eu d'autres, avant. Des malades et des moribonds. Il y a encore les traces de leur passage, ici même : des odeurs, de vagues relents de détresse.

Elles sont en danger, ici. À cause d'eux, mais pas seulement.

Il faut partir. Trouver un territoire où s'établir en sécurité. Queen se lève, s'étire, ignorant l'élancement de son épaule – bien moins douloureux qu'avant. Elle n'a pas faim. Hier, elle a terminé toute la viande apportée par Jada. Ainsi, elle pourra se passer de nourriture durant plusieurs jours sans perdre ses forces. Du bout de la truffe, la lionne pousse l'humaine assoupie, roulée en boule autour de son paquetage. Celle-ci s'éveille, cligne des paupières. Un sourire illumine son visage et réchauffe son cœur lorsque ses yeux croisent les siens.

— J'ai rêvé de toi, murmure-t-elle. De nous…

Dans son esprit dansent des images d'herbes hautes, jaunies par le soleil, et d'un sentier grimpant vers un mamelon rocheux, ombré par un cèdre immense. Le territoire ancestral des siens.

— C'était mieux que *Le Roi lion*, poursuit-elle, extirpant de ses affaires une espèce de biscuit au parfum trop sucré.

Elle le mange rapidement, continue avec une rasade de boisson qu'elle avale à même un cylindre de métal. Sens en alerte, Queen jette un regard en direction du morceau de plastique humide qui ferme leur refuge. Jada, les lèvres pincées, le front soucieux, contemple son téléphone. Elle hésite, tergiverse. Elles n'ont pas le temps pour cela. Il faut partir, maintenant. Pour l'inciter à se lever, Queen retourne vers elle, frotte sa tête contre la sienne, la frôle et se dirige vers le seuil.

— En plein jour ? Non, c'est pas une bonne idée…

Queen perçoit son anxiété, la panique qui la gagne lorsqu'elle pousse la plaque de tôle masquant l'entrée du refuge où elles se sont reposées. En tombant, celle-ci arrache un pan de bâche en plastique puis s'écrase contre le bitume, provoquant une vague de panique parmi les oiseaux. Ils s'éparpillent dans un froissement d'ailes gris-blanc. Queen émerge dans la lumière blafarde du jour naissant. L'atmosphère est humide, chargée de pluie. Ouvrant la gueule, elle emmagasine les odeurs, les saveurs et toutes les informations émanant des alentours. Les humains dorment encore. Les rats sont cachés pour la journée. Les voitures filent au-dessus d'elles, charriant des volutes âcres dans leur sillage.

Elle tourne la tête vers sa sœur au cœur affolé. Jada est debout, son sac sur l'épaule, sa corde de drap pendant inutilement le long de sa jambe. Queen frotte sa tête contre elle pour lui communiquer sa force et l'apaiser. Tournant le dos au soleil, à peine visible derrière le voile gris-blanc, elle longe l'ombre du pont. S'arrête. Attend. Cette fois, Jada saisit. Tentant maladroitement de rester discrète, elle la rejoint et lui emboîte le pas, jetant des regards anxieux par-dessus son épaule. Sa nervosité est palpable. Un signal pour tous les vivants capables de le percevoir, prédateurs ou non. Pas pour ceux qu'elles fuient, heureusement. Ni Sheik, ni Dee, ni aucun de ceux que Queen a croisés durant son existence n'a jamais été capable de percevoir, encore moins de comprendre les indications qu'ils diffusaient ou recevaient de leurs congénères ou des molosses qu'ils gardaient prisonniers avec elle. Ces derniers s'épuisaient de ne pas être entendus. Les humains, eux, explosaient en accès de rage pour camoufler leur peur, rendant fous les chiens qu'ils entraînaient et brisant, à force d'incohérence et d'incompréhension, tous ceux qu'ils côtoyaient.

En ce sens, Jada n'est pas très différente d'eux. Elle n'a pas conscience de l'angoisse qu'elle propage. Au moins, elle n'essaie pas de la dissimuler. Queen ralentit, cligne des yeux vers elle. Peut-être lui appartient-il, comme le ferait la matriarche avec une très jeune lionne, de la rassurer ? Quand Jada arrive près d'elle, Queen se dresse légèrement sur ses pattes pour lécher son visage et son cou afin de l'aider à se calmer. La jeune fille, d'abord surprise, bascule à la renverse, puis enfouit la tête contre son poitrail – c'est sa façon, devine la lionne, de lui rendre la pareille et de lui témoigner sa confiance. Demeurant quelques instants immobiles, toutes deux partagent un moment de chaleur et de bien-être avant de continuer leur chemin.

Pas très longtemps.

Venant d'au-dessus d'elles, des voix, des cris d'excitation. Levant la tête, Queen aperçoit des silhouettes qui s'agitent – et rugit, à plusieurs reprises, espérant les intimider.

Ils s'excitent de plus belle.

Évidemment.

Décamper. Vite. À l'ombre du béton. Et avancer. Avancer sans relâche pour échapper aux regards et aux clameurs. Jada la suit en silence, consciente du danger. La lionne perçoit sa présence quelques mètres derrière elle. Pas besoin de se retourner pour cela. De l'autre côté du pont, des herbes rases, un vieux grillage, d'énormes cylindres aux effluves de rouille, une charogne détrempée derrière l'un d'eux. Elle trotte, prenant bien garde de rester hors de vue. Elle grimpe la petite butte, disparaît dans un taillis au fond du fossé, patiente jusqu'à ce que Jada la rejoigne et reprend sa marche. Là-haut, des klaxons, des vrombissements, des hululements stridents – tout semble redevenu normal, pour le moment. Restant sous le couvert des herbes et des buissons, la fille et elle avancent en ligne droite. Bientôt, des odeurs de terre et d'humus se mêlent à celles du bitume. Elle en perçoit une autre, plus loin, minérale et changeante, inconnue, pourtant attirante, et décide de les guider, toutes deux, dans cette direction.

Des parfums d'humidité et de vent s'accumulent au fil de la journée. Juste avant que le ciel plombé ne déverse des trombes d'eau sur leurs têtes, Queen trouve un abri. C'est froid, ça empeste, mais elles y seront en sécurité et au sec.

Et puis, Jada est épuisée, perturbée, la lionne le sent.

Elle a besoin de se reposer, de rassembler ses pensées chaotiques et de retrouver un peu de paix.

Jada

— C'est la merde. On a été repérées, photographiées, filmées du haut de la I-94. À tous les coups, on est déjà sur les réseaux. En plus des Twen5, on va se retrouver avec la police au c… aux fesses…

Jada s'efforce de mesurer ses propos, de rester polie – elle s'adresse à son prof, quand même. La panique la gagne à mesure qu'elle poursuit le récit de leur fuite.

— Marlo, va voir la vidéo… Si c'est pas lui, il y a bien un mec du gang qui va lui en parler. Et s'il se doute que Duncan et TJ ont menti… S'il s'en prend à Duncan…

— Stop ! Stop, répète plus doucement Ferrara. Tu n'es pas responsable des choix de ton grand frère ni de ceux de ses amis, d'accord ? Quant au reste… Attends un instant, tu veux bien ? Je regarde le web et les infos…

Jada se mord nerveusement les lèvres. Queen l'a conduite en sécurité, à l'entrée d'un canal d'évacuation abandonné. Derrière elles, des monceaux de feuilles mortes et de détritus. À leurs pieds, entre les buissons et les herbes hautes, des cannettes de bière et de soda, des emballages plastique maculés de boue. D'autres les ont précédées ici. Le ciel est noir. La pluie tombe à verse. Les seules lumières sont celles de sa lampe de poche et de l'écran de son téléphone jetable. À ses côtés, Queen veille. Depuis qu'elles ont quitté le territoire des hommes, c'est elle qui marche en tête, s'arrêtant régulièrement pour attendre Jada. La jeune fille peine encore à croire ce qu'elle vit, depuis qu'elle a tourné le dos à son ancienne existence pour aider un fauve blessé à recouvrer la liberté. Pourtant, elles sont là, toutes les deux.

— Plusieurs vidéos ont effectivement été mises en ligne en début d'après-midi, reprend Ferrara. La bonne nouvelle, c'est qu'elles n'ont pas été beaucoup relayées. Quant à la télévision, aucun signalement n'a été fait, même sur les chaînes locales. Ça ne va peut-être pas durer, mais ça vous laisse un répit. Jada, j'ai contacté une association qui recueille les fauves comme Queen, les rescapés de cirques et de zoos en zone de guerre : The New Hope Sanctuary. Je leur ai parlé de vous deux. Ils ont suffisamment d'espace pour l'accueillir…

— Mais ?

— Mais ils ne peuvent pas intervenir comme ça : c'est un animal sauvage, alors il leur faut des autorisations pour la capturer en toute sécurité et…

— Demander l'autorisation de la *capturer* ? le coupe-t-elle, furieuse. C'est une blague ?

— C'est la procédure, Jada.

— Et s'ils ne l'ont pas, hein ? Si les flics décident de l'abattre, juste parce que c'est un *animal sauvage*, comme vous dites ? Je fais quoi, moi ? Je me mets en travers de leur chemin en espérant arrêter leurs balles ? Une fille noire en cavale face à des flics… Vous savez comment ça se terminera.

— Vous êtes en zone urbaine, Queen et toi. C'est pour ça qu'il faut cette autorisation. Ce ne sont pas les policiers qui la donneront, mais le Wild Life Department. Et puis, si ta lionne…

— Queen n'est pas *ma* lionne. C'est mon amie. Elle a confiance en moi et j'ai confiance en elle. Je sais que vous essayez de m'aider, m'sieur Ferrara. Mais si vous ne prenez pas ça en compte, ça fonctionnera pas.

Silence.

Jada se rend compte qu'il lui est difficile de concevoir ce qu'elle tente de lui expliquer. Alors, elle se déconnecte, vérifie qu'il lui reste suffisamment de crédit dans son prépayé et passe le bras autour du cou de Queen.

Celle-ci tourne la tête vers elle, un peu surprise, et frotte ses babines contre elle. Un geste d'affection, auquel la jeune fille a appris à répondre. Tant bien que mal, elle prend une photo. Gros plan sur la lionne et elle, à peine pixellisé. Aussitôt, elle l'envoie à Ferrara. Le rappelle quelques instants plus tard.

— Vous comprenez, maintenant ?

— Je crois, répond-il avec un soupir.

— Il n'y aura pas de capture. Pas de demande d'autorisation de je ne sais quoi à la police ou au FBI. Si Queen va dans votre sanctuaire, c'est à mes conditions, et avec moi. Sinon...

— Sinon, quoi ? soupire Ferrara.

— Sinon, tant pis, répond Jada après quelques instants de silence. Je ne suis ni ma mère ni mon frère, mais j'ai grandi avec des criminels. Je suis capable de me débrouiller.

— Comment feras-tu pour nourrir Queen ? Et si les Twen5 vous retrouvent ? Et si elle est blessée ? Gravement blessée ? Tu y as pensé ?

Jada ne répond rien. Ferrara a raison. Ses dons de guérisseuse seront inutiles si l'un des organes vitaux de Queen est touché par une balle. Mais elle ne connaît pas ce refuge dont parle Ferrara et n'a aucune confiance dans les forces de l'ordre.

— Je vais te donner le numéro de téléphone de Liam, le vétérinaire en chef du New Hope Sanctuary, propose enfin son ancien prof. Le mieux serait que tu discutes avec lui de tout cela. C'est quelqu'un de bien, je te le promets. Tu sais, je suis inquiet pour toi, Jada. Pour vous.

— Ça ira, m'sieur. Je vous jure que ça ira.

Quand elle raccroche, cependant, sa gorge est nouée. Elle se sent vulnérable et perdue. Impuissante, aussi. Que fera-t-elle, si les Twen5 les retrouvent ? Et les flics ? Elle imagine déjà les hélicoptères, les gyrophares des voitures, les tireurs agenouillés, prêts à tirer. Si Queen est acculée, elle attaquera. Elle a été dressée pour ça. Et son instinct prendra le pas sur tout le reste. Cela finira mal, si la police s'en mêle. Pire qu'avec les Twen5. Pire qu'avec Marlo.

— On a vraiment besoin d'aide, souffle-t-elle, posant la joue sur le garrot de la lionne, cherchant un peu de réconfort en se lovant contre elle.

En réponse, un ronronnement profond naît dans la gorge de Queen, l'enveloppe et la berce doucement.

*

Le sentier qui se perd entre les hautes herbes jaunes disparaît, laissant place à une végétation plus rase. Au loin, le troupeau de zèbres et de gnous semble un immense serpent perdu dans les brumes. Plus haut, des rochers, un cèdre immense et des lions. Une quinzaine, peut-être. Le regard lointain, deux mâles surveillent le territoire.

Une lionne couturée de cicatrices, massive en dépit de son dos creusé et de ses flancs maigres, avec une curiosité tranquille au fond des yeux, s'étire lentement et se dirige vers elle. Jada ralentit, lutte contre l'envie de détaler, à toutes jambes. Elle n'est pas seule. Queen l'accompagne, elle sent sa présence même si elle ne la voit pas. La lionne s'immobilise, la gueule ouverte, puis s'assied à quelques mètres d'elle et attend. Jada cherche son amie des yeux, ne la trouve pas, tourne la tête avec un frisson d'angoisse vers la vieille guerrière, découvre avec stupeur Queen à ses côtés…

*

Le grondement continu de la pluie l'arrache à son rêve étrange. Elle s'éveille au même moment que Queen, contemple avec perplexité le fauve qui entreprend calmement de faire sa toilette. Ce rêve… Il l'emporte presque toutes les nuits, depuis qu'elle a rencontré la lionne. De plus en plus long, chaque fois. Et de plus en plus immersif. Comme s'il déroulait une histoire, une histoire qui n'est pas la sienne, et dont elle devient peu à peu actrice. Cela la trouble infiniment.

À l'extérieur, le ciel est d'un gris terne, voilé par le rideau trouble de l'eau qui se déverse sur la ville.

Son ventre gargouille. Elle a soif et faim.

Quelle heure est-il ?

L'écran de son téléphone jetable indique 7h02 et la prévient qu'il ne lui reste plus que 22 minutes de forfait. Elle prend dans son sac une barre de céréales au caramel, une cannette de soda énergisant. Ouvre le dernier texto de Ferrara. Il contient les coordonnées du vétérinaire du sanctuaire. Et deux phrases.

« Appelle-le. Aie confiance. »

La jeune fille soupire. Hésite un instant. Puis, avec un haussement d'épaules, clique sur le numéro affiché sur l'écran.

Une sonnerie.

Deux sonneries.

— Liam Crow…

— Je… Heu…

Elle s'interrompt. S'éclaircit la gorge, les yeux rivés à l'épaule de Queen. La blessure est propre, en dépit des miles parcourus. En voie de cicatrisation.

— Jada ?

Elle sursaute.

— Comment savez-vous…

— Alvin m'a prévenu. Comment vas-tu ? Comment va Queen ?

— Bien, pour le moment, répond-elle, décontenancée par la douceur de sa voix. On est à l'abri. En plus, avec ce temps pourri, on ne risque pas d'être repérées.

— À ce propos, Alvin m'a parlé de tes soucis avec le gang qui détenait la lionne…

— Les Twen5 ? Non, c'est les Lords qui… Oh, vous avez raison. C'est du pareil au même, en fin de compte. S'ils nous retrouvent, ça risque d'être… compliqué. Et avec ces vidéos…

— J'ai vu. Ton prof m'a également fait parvenir le cliché que tu lui as envoyé.

— Il vous a dit quoi d'autre ? souffle Jada, après un instant de silence.

— Tu as soigné cette lionne alors qu'elle était blessée. Tu as servi d'infirmière pour les jeunes de ton quartier. Queen a une confiance absolue en toi.

— Et moi en elle. C'est ma… sœur… même si c'est difficile à comprendre, j'imagine.

— Pas vraiment. Je suis le vétérinaire en chef du New Hope Sanctuary depuis quinze ans. Et sais-tu pourquoi j'ai décidé d'y rester, en dépit de plusieurs offres mieux payées ? Parce que c'est à une heure du

Yellowstone. Et que j'y ai mon plus vieil ami… Jada, mes collègues et moi, nous allons faire notre possible pour vous aider. Mais nous ne pouvons pas agir sans mettre en place une stratégie pour vous rapatrier au sanctuaire, toutes les deux.

Jada se mord les lèvres. Elle voudrait lui faire confiance. Vraiment. Mais il semble trop gentil pour être honnête. Elle n'a pas l'habitude.

— Je vous rappelle, dit-elle. J'ai besoin de temps.

Elle coupe la communication, un peu honteuse de son impolitesse. Quelques secondes plus tard, une image s'affiche sur son écran : celle d'un homme aux cheveux gris, tressés, aux côtés d'un gros ours noir.

Queen

Jada vacille.

Sa silhouette se brouille, s'efface du chemin, la laissant seule avec la matriarche.

Celle-ci frotte la tête contre la sienne, l'invite à la suivre. L'une derrière l'autre, elles contournent la colline, descendent vers un point d'eau, où se réfléchit le bleu du ciel. À leur approche, une antilope aux longues cornes noires redresse la tête, l'œil dilaté par l'inquiétude et s'enfuit, abandonnant dans son sillage un délicieux fumet. Queen la suit longtemps du regard, muscles bandés, prête à la prendre en chasse. Quand elle disparaît derrière des buissons touffus, la lionne incline sa gueule vers l'eau terreuse et, prenant exemple sur son aînée, commence à s'abreuver. Sur l'onde, leur double les imite, et Queen se perd dans la contemplation de leur image. Elle y aperçoit aussi, en transparence derrière les leurs, celui de leurs mères, grands-mères et lointaines ancêtres. Insensiblement, sa silhouette et celle de la matriarche se confondent. Dans le miroir d'eau claire, un fragment d'histoire, celle de sa lignée, de son clan se dessine. Avec ses drames et ses jeux, ses luttes, sa tendresse, sa joie d'être ensemble et de partager le même foyer, ses douleurs face à la mort, ses résignations et ses révoltes. Une aïeule, pour éviter à ses lionceaux d'être tués par l'étranger qui a chassé son mâle, fuit le territoire. Ses descendantes nourrissent, pendant plusieurs mois, les orphelins d'une lointaine cousine.

À trois reprises peut-être, une forme humaine se dessine à leurs côtés.

Une bourrasque trouble l'étendue gris-vert.

La vision s'efface.

À pas tranquilles, l'aïeule rebrousse chemin vers le sommet de la colline. Queen met ses pattes dans les siennes, apaisée par ce que lui a montré son reflet, par la certitude que tout est en ordre, avec les siens au pays des herbes jaunes, comme avec Jada…

*

Encore léthargique, la lionne roule sur le dos, se cale contre Jada. Sa sœur humaine se décale avec un grognement, enfouit les doigts dans la fourrure de son poitrail et commence machinalement à le gratter, permettant à l'air de chatouiller sa peau, créant une vibration qui se disperse le long de son ventre, de ses pattes, jusqu'au bout de sa queue. Avec un ronronnement profond, Queen se perd dans un monde de sensations bienfaisantes. Quand Jada la pousse légèrement pour lui demander de basculer sur le ventre, elle accepte sans résister. Quelques minutes plus tard, la jeune fille a posé les mains sur sa blessure et se concentre, murmurant des mots d'un ton bas et monocorde. Une chaleur douce d'abord, puis de plus en plus vive, naît de ses paumes et se diffuse en elle, propageant des ondes. Les douleurs résiduelles s'effacent peu à peu. Lorsque Jada s'écarte d'elle, Queen bâille et s'étire avec volupté, avant de frotter la tête contre la sienne et de lécher son visage pour la libérer des tensions qui l'empêchent de respirer avec sérénité. Comme l'humaine se tortille un peu, Queen pose sa grosse patte sur sa poitrine, ainsi qu'elle le ferait avec un lionceau, et continue jusqu'à ce que la jeune fille la repousse franchement.

— Je t'adore, Queen. N'empêche. Ta langue est râpeuse et ton haleine…

Jada rit, projetant autour d'elle des ondes de joie.

Son humeur change vite, cependant. Elle se fait du souci. Elle a peur. Alors son cœur devient froid. Elle projette sans en être consciente des images désordonnées, les deux hommes, son frère et l'autre, l'autre soir, le regard glacial et vide de l'individu qui la terrifie, elle et Queen face à des dizaines de silhouettes armées, menaçantes, le sang qui coule, une course sans espoir. Soudain, elle s'empare du téléphone, le colle avec angoisse contre son oreille.

— Bonjour, c'est Jada.

Sa voix semble étranglée.

— J'ai réfléchi à votre proposition, Liam…

Queen perçoit la présence invisible à laquelle elle s'adresse. Ne décèle ni arrogance ni volonté de puissance dans ce qu'elle en saisit. Et l'anxiété de sa sœur humaine s'apaise – un peu. Lorsque la conversation s'achève, elle s'ébroue, déterminée. Queen devine qu'elle a repris ses esprits et retrouvé son énergie. Quand Jada l'invite à la suivre, alors que le soleil pointe derrière les nuages et le rideau de pluie, elle accepte sans hésiter de mettre ses pas dans les siens.

Du côté des voitures qui grondent au-dessus d'elles, un escarpement d'herbe rase brisé par une paroi de béton. De l'autre, une pente boueuse où sont enlisés des détritus. En contrebas, un mur. Derrière, des habitations humaines, charriant leur lot de vapeurs âcres et de vacarme. Devant elles, une masse vert sombre, d'où émanent des parfums de terre et d'humidité. Au-delà, Queen perçoit de nouveau la puanteur de la ville et plus loin encore, les effluves changeants, vibrants, qu'elle ne parvient pas encore à identifier. Elles avancent l'une derrière l'autre, droit vers les arbres. Sa sœur, nerveuse, s'arrête fréquemment, surveille les alentours.

Elle est fatiguée, Jada. Tendue, en dépit de sa résolution nouvelle et de l'étincelle qui brûle en elle et guide ses pas – leurs pas. Queen aussi est attentive. Elle perçoit la moindre présence, le moindre frémissement dans l'air chargé d'humidité. Le battement de cœur d'un rongeur qui s'enfuit, à quelques mètres d'elles. Le froissement infime des ailes du rapace qui l'a repérée. Le chaos de la ville. Et, au-dessus d'elles, quelque chose qui se cache et les suit.

Queen s'arrête net.

Ne distingue aucune menace venue du ciel.

Rugit sourdement, inquiète sans savoir pourquoi.

Jada se retourne, troublée. Regarde autour d'elle, attentive. Se remet en mouvement lorsque Queen s'ébroue. Toutes deux continuent de descendre vers les maisons et les bois. Coup de tonnerre. Un éclair zèbre l'horizon. Jada glisse, tête la première, dans la boue. Frustration, agacement. Elle se relève – et ces émotions disparaissent comme elles sont venues.

La pluie, qui avait presque cessé, redouble d'intensité. Jada se détend imperceptiblement et accélère l'allure. Malgré sa répugnance à poursuivre sous les trombes poisseuses et froides, Queen devine d'instinct que l'orage est leur allié et règle son pas sur le sien.

À plusieurs reprises, Queen s'arrête avec la sensation d'être épiée. Gueule ouverte, oreilles dressées, elle tente de capter des odeurs nouvelles, des battements de cœur. Mais tout ce qu'elle entend, c'est un ronflement mécanique, presque imperceptible sous l'orage.

À la tombée du jour, celui-ci s'apaise, laissant place à un vent froid chargé d'humidité. Jada ralentit à l'entrée d'un terrain dénudé. S'accroupit à l'ombre d'un buisson tordu, attend. Queen se couche à ses côtés, les sens en alerte. L'obscurité gagne les rues. Seules touches de clarté, les lumières jaunes qui éclairent la plupart des habitations, d'où proviennent un brouhaha continu et des éclats de voix. Plus loin, un chien aboie. Un autre lui répond, puis un troisième, brutalement interrompu par un cri furieux.

À proximité de ceux de son espèce, Jada est de nouveau submergée par une vague d'anxiété. Elle retient son souffle, prête à bondir à la moindre menace. Queen comprend son inquiétude. Ici, les humains vivent sans chaleur, sans foyer, coupés les uns des autres par la tristesse désespérée et la rage qui étouffent leur cœur. Pour calmer la nervosité qui monte également en elle, la lionne lèche ses pattes, sa fourrure mouillée. Ses muscles se détendent – un peu. De nouveau, elle a le sentiment qu'un ennemi les guette, dissimulé quelque part, au-dessus d'elles. Pourtant, il n'y a rien dans la nuit brune. Aucune présence. Des points rouges qui se déplacent lentement, très haut dans le ciel. Plus proche, un objet dont elle distingue à peine la forme émet un ronflement discret mais continu.

Agacée, Queen retrousse les babines et rugit sourdement.

— Qu'est-ce qui se passe ? Tu as repéré quelque chose ?

Sa sœur humaine grelotte. Pourtant, elle dégage de la chaleur et transpire. Pour la réconforter, la lionne frotte la tête contre la sienne puis se lève et s'étire, prenant en silence le chemin des maisons. Là, elles trouveront un abri.

Se cacher pour éviter tout conflit.

Se cacher pour reprendre des forces.

Se cacher là où personne ne risque de les *débusquer*, où Jada pourra se reposer et se débarrasser de cette peur qui perturbe ses sens

L'instinct de Queen la mène vers un vieux grillage, derrière lequel sont entassés des monceaux de véhicules à l'abandon. Ici, les odeurs sont multiples : rouille, urine, acidité, amertume, âcreté, putréfaction ; innombrables, mêlées les unes aux autres, elles sont tellement denses que nul ne pourra retrouver la sienne ou celle de sa compagne.

Ici, elles seront tranquilles.

En paix.

Sans hésiter, la lionne se faufile à l'intérieur de ce havre de fortune. Derrière elle, Jada semble soulagée. Elle est épuisée, son pas est de plus en plus chancelant. Au moins, elle lui fait entièrement confiance, maintenant, et commence à saisir la profondeur du lien qu'elles partagent. Elle lui permet de la guider, de l'aider du mieux possible. Surtout, la flamme qui anime son cœur s'est entièrement accordée à la sienne. Leurs âmes sont liées, harmonisées.

Si Queen parvient à dénicher une proie, dans ce chaos, elle la lui rapportera. Manger lui permettra de puiser ailleurs que dans ses propres ressources.

Queen s'engouffre dans une carcasse de voiture encore imprégnée d'odeurs de cuir et de tabac.

— Il y a même les banquettes, souffle Jada. Je vais pouvoir dormir…

Queen ronronne, heureuse de la sentir apaisée.

Peut-être va-t-elle pouvoir aller chasser, à présent ?

Elle passe la tête à l'extérieur de leur tanière, gronde sourdement. Au-dessus d'elles, étouffé par le brouillard poisseux qui s'élève désormais en volutes dans la nuit, le ronflement n'a pas cessé.

Renonçant à une hypothétique proie, la lionne s'étend contre sa sœur humaine et ferme les yeux.

Jada

Jada éternue.

Elle s'est soignée tant bien que mal, avec des prières lui permettant de canaliser son don de guérisseuse. Elle a imaginé qu'une lumière douce et chaude s'infiltrait dans chaque cellule de son corps et en chassait la fièvre.

Mais elle a eu du mal à se concentrer.

Elle n'avait pas prévu la pluie, le vent, le froid et l'humidité ni leur fuite vers la Red River. Elle n'avait pas non plus prévu la faim, la fatigue, les ampoules aux pieds et la peur qui lui vrille le ventre dès qu'elle réfléchit – à ses actions passées, à ses décisions, à ce périple entamé voici plus de dix jours aux côtés d'une lionne qu'elle considère comme un membre de sa famille.

Une lionne.

Une prédatrice.

Capable de la tuer d'un coup de griffes s'il lui en prenait l'envie.

C'est n'importe quoi. Et pourtant, c'est en elle que Jada a placé sa confiance. La jeune fille dort à côté d'elle, se fie à son instinct et la laisse les guider. Elle lui confierait sa vie sans hésiter. D'ailleurs, c'est déjà le cas.

Et moi ? Suis-je digne de confiance ?

Cette question la hante, la terrifie plus que tout le reste. Que se passera-t-il si Marlo et ses Twen5 les retrouvent ? Si les flics de cette foutue ville ou même les agents du Wild Life Department décident qu'elle est dangereuse et doit être abattue ?

Avec ma couleur de peau et ces vêtements qui ne ressemblent à rien, si je m'interpose, j'aurai de la chance de ne pas me faire shooter... Reste à espérer que Crow tiendra parole et fera le nécessaire pour nous récupérer avant que ça nous explose au visage.

Hier, alors qu'elles étaient blotties l'une contre l'autre, Jada lui a confié ce que le vétérinaire en chef du New Hope Sanctuary et elle ont prévu. Liam et son équipe leur ont donné rendez-vous à la tombée de la nuit au Red River Bridge.

Si tout se passe bien, ils les mettront en sécurité l'une et l'autre avant de s'occuper des formalités administratives. Ils ne tireront pas de flèche tranquillisante sur Queen, à moins qu'elle ne devienne ingérable. Au vu du lien qui est le leur, Jada sait qu'il n'y aura aucun souci de ce côté-là. Ensuite, elles resteront ensemble jusqu'à leur arrivée au refuge.

Après, ce sera différent.

Queen découvrira les joies d'une existence en semi-liberté et rencontrera ses congénères. Elle l'oubliera peut-être. Liam a proposé à Jada de l'héberger, le temps qu'elle se repose un peu et décide du chemin qu'elle souhaite emprunter. Il a évoqué la possibilité de l'engager en tant que soigneuse et de la former. La jeune fille n'y croit qu'à moitié. Elle n'a aucune formation. Elle n'a même pas terminé le lycée. Et, même si elle a des connaissances, Jada doute qu'elles aient la moindre valeur au regard des compétences d'une équipe expérimentée et diplômée. Quant à ses talents de guérisseuse, à part Hannah, et Queen qui les apprécie, personne n'y croira.

Celle-ci dort encore. De temps en temps, ses moustaches frémissent. Un tressautement léger parcourt son corps. Son épaule est guérie. Jada ne ressent plus aucune inflammation quand elle palpe la plaie et la cicatrisation est en bonne voie.

C'était moins grave que je le pensais…

À cet instant, les questions de Ferrara lui reviennent en boomerang au visage.

« Et si elle est blessée ? Gravement blessée ? »

Jada se frictionne les bras et les épaules, pour se remonter le moral autant que se réchauffer, puis déchire l'emballage d'une barre choco-cacahuète, son quotidien depuis leur départ précipité de la maison abandonnée il y a quatre jours – peu de temps, et pourtant une éternité. Avec souplesse, elle s'extirpe de la vieille caravane dans laquelle Queen et elle se sont réfugiées, la veille. Autour d'elle, des dizaines de véhicules entassés. Certains ne sont plus que des amas de rouille. D'autres, en bien meilleur état, sont seulement amputés d'une portière, d'un capot. Aucune présence humaine, ici. Aucune surveillance. Queen a bien choisi leur refuge.

Jada n'aurait jamais cru possible d'avoir confiance en elle au point de se laisser guider jusqu'ici. Quant à sa compagne, la jeune fille ne peut imaginer les épreuves traversées et le cadeau immense que celle-ci lui fait en lui accordant son amitié. À cette pensée, une flamme douce réchauffe son cœur.

Je ne sais même pas pourquoi je doute encore du lien qui nous unit. Ce qu'on partage est magique. Un peu effrayant, aussi. Comme ces rêves…

Des rêves qui la bercent, la réveillent parfois en sursaut. Comme cette nuit. Cette nuit, Jada a retrouvé Queen à la lisière du pays des lions. Cette nuit, Jada n'a pas fui quand la matriarche du clan s'est approchée d'elle pour l'examiner, promenant sa truffe sur son visage, son cou, son cœur. Elle a pleuré de soulagement, soulagement d'être encore en vie, soulagement d'être acceptée par la vieille lionne, lorsque cette dernière est retournée auprès des siens.

Jada n'en est pas certaine, mais commence à comprendre leur nature.

Il ne s'agit pas d'un territoire imaginaire, elle en est convaincue. Plutôt d'un territoire où se retrouvent les lions, tous les lions, ceux qui vivent en cage et ceux qui vivent libres, en dehors de cette réalité.

Ça semble délirant. Pourtant, je n'ai plus de fièvre. Je le sens. Je suis juste fatiguée.

Avec un soupir, la jeune fille retourne auprès de la lionne. Son âme sœur. Rassérénée, Jada caresse doucement le sommet de sa tête, son cou, encore à vif par endroits, son garrot. Queen se réveille, s'étire avec un grognement qui dévoile ses crocs, puis se lèche les babines et se coule souplement à l'extérieur. Elle a soif. Elle a faim. Avec un peu de chance, elle trouvera une proie à se mettre sous la dent avant leur départ. Jada l'espère, du moins. Avec les détours, la nécessité de rester discrètes, il est difficile d'estimer combien de temps elles devront marcher avant d'atteindre le Red River Bridge.

Pas plus de quelques heures, par pitié…

À midi, sous la pluie, elles n'en sont qu'à la moitié du chemin.

*

Ici, personne n'en peut plus de ce printemps qui s'obstine à ne pas éclore. Entre le froid, les trombes d'eau, le gris plombé des nuages et de la ville, les gens évitent de traîner dans les rues. Une chance pour Jada et Queen : elles ont pu traverser cette banlieue désolée et son parc à l'abandon sans être repérées. Jada se sent affamée et fatiguée. Le soda trop sucré et les mauvais hot-dogs achetés dans un kiosque n'ont pas suffi à lui rendre des forces. Son corps est perclus de courbatures. Malgré les efforts qu'elle fait pour couper le feu de ses écorchures et de ses ampoules, ses pieds sont douloureux. La lionne souffre moins qu'elle de leur marche forcée. La viande livrée par l'oncle de Ferrara au début de leur cavale et les petites proies dévorées en chemin ont suffi à la rassasier.

Queen la précède, tournant de temps à autre la tête dans sa direction, pour s'assurer qu'elle la suit. Parfois, elle s'arrête, lève la tête vers le ciel et rugit, le pinceau noir de sa queue fouettant nerveusement le sol. Au début, Jada en a déduit que sa compagne n'aimait pas ce temps exécrable et exprimait son mécontentement à sa façon. Elle s'est vite rendu compte que la lionne exprimait de la crainte et de l'agacement. Pourquoi ? La seule information que celle-ci lui a transmise, c'est une image du ciel plombé et le sentiment d'une menace planant au-dessus d'elles.

Protégées par le couvert des arbres, elles commencent à longer la voie qui borde la rivière en milieu d'après-midi. Lorsqu'un rayon de soleil filtre derrière les nuages, se réfléchissant en myriades d'éclats de lumière dans les gouttes, Red River Bridge, énorme construction suspendue couleur brun-rouge, se dessine devant Jada et Queen.

Plus qu'une heure avant d'arriver, deux maximum. Restera à patienter et croiser les doigts pour que Liam tienne parole. Fronçant les sourcils, Jada resserre les pans de sa capuche autour de son visage et continue d'avancer, les yeux rivés au grand pont de métal.

Les arbres s'espacent, laissant de nouveau place au bitume. Elles approchent d'un parking où sont échoués quelques mobile homes. Accrochée à un poteau électrique, une corde à linge s'est rompue : des vêtements imbibés d'eau jonchent le sol. Sur l'autre rive, Jada aperçoit, blanches et élégantes, les villas de Myrtle Hill. Là-bas, les gens vivent dans une bulle. Le chômage, la pauvreté, la misère, ils ne savent même pas ce que ça signifie. Leurs gosses entrent tous à l'université, peu importe qu'ils aient travaillé ou que leur famille se soit délestée de quelques dizaines de milliers de dollars pour acheter leur place. Dans les Heighs, des recruteurs passent une fois l'an pour faire l'aumône d'une bourse à quelques élèves. C'est tout.

Rancœur, colère ne servent à rien. Jada n'a pas le temps pour ça. Secouant la tête, elle s'apprête à rejoindre Queen, qui patiente de l'autre côté de la place, quand un ronflement, au-dessus de sa tête, attire son attention. À plusieurs mètres dans le ciel, une espèce d'insecte de métal. Un drone ! Les Twen5 en ont en leur possession. Des engins volés aux flics et utilisés pour surveiller leur territoire. Une angoisse soudaine noue la gorge de Jada. Au même instant, un souvenir explose à la surface de sa mémoire.

C'est la fin de l'été. Duncan, Mike, TJ et quelques autres ont improvisé une partie de basket. Nicole, Tania et elle se sont installées dans un coin. Ses amies sont surexcitées. Nicole, surtout, qui a un *crush* sur Duncan. Plus loin, Marlo discute avec l'ancien boss des Twen5 et Jim, le ganger obèse qui tient lieu de conseiller. Ce dernier examine l'objet noir et fuselé, le tend à son chef avec un hochement de tête approbateur.

Merde ! Comment a-t-il su ? Comment nous a-t-il repérées ? Les vidéos sur les réseaux, évidemment... Le ventre noué, Jada rejoint la lionne en courant.

A-t-elle saisi son affolement ? Avec un rugissement, Queen s'élance sur la vieille route à l'abandon. Encore un mile à parcourir sur l'asphalte crevassé, envahi par les herbes folles, avant d'arriver au pont. Sur leur droite, en hauteur, la voie rapide qu'elles devinent à la vibration des véhicules. De temps à autre, la jeune fille jette un coup d'œil vers le ciel. Le drone est encore là. À l'idée que Marlo les traque, prend plaisir à leur panique, Jada serre les poings. La peur cède à la colère.

Je refuse d'entrer dans son jeu. Je refuse d'être un gibier pour ce pervers.

Instinctivement, elle ralentit. Glisse la main sous son sweat-shirt. Contre ses doigts, la masse froide, rigide de l'arme à feu. Elle pourrait tirer sur la caméra-espion. À quoi bon ? Le boss des Twen5 a certainement anticipé leur destination.

— Queen, reste avec moi, murmure-t-elle, invitant son amie à l'imiter.

Saisissant son téléphone, elle compose rapidement le numéro du vétérinaire. Tombe directement sur la messagerie – une voix synthétique, informelle.

— C'est Jada. Les Twen5 nous ont repérées. Je sais

pas trop comment ça va tourner, alors je préfère vous prévenir… Ce que je peux vous dire, c'est qu'aux dernières nouvelles, ils veulent Queen vivante. Au cas où ça dégénère, faites votre possible pour elle, d'accord ?

Elle glisse de nouveau le téléphone dans sa poche, s'empare du pistolet, continue d'avancer, bras croisés, main crispée autour de la crosse.

Soudain, Queen se fige.

Deux voitures leur barrent le passage.

À gauche, TJ, Duncan, Gavin et Marlo. À droite, un colosse qu'elle n'a jamais vu, au visage balafré par une longue cicatrice. Il tient deux énormes pit-bulls au collier.

— Bonsoir, jolie Jada, lance le ganger avec un sourire mauvais. Je t'attendais, tu vois…

Queen

Aboiements déchaînés.

Du côté des hommes, tourbillon d'émotions – excitation, terreur, colère, honte, résignation, nervosité. À sa puanteur acide, elle reconnaît Anton, celui qui retient les molosses. Il s'occupait d'eux, comme Dee. La différence, c'est qu'il aimait les frapper. Il aimait leur souffrance et leur peur. Elle en identifie trois autres, rien qu'à l'odeur : l'intrus qu'elle a chassé de leur tanière, et les deux que Jada a forcés à reculer. Celui qui se tient face à sa sœur humaine, le dominant du groupe, elle ne l'a jamais vu. Elle a, en revanche, perçu plusieurs fois sa présence dans les pensées de la jeune fille. Elle a également senti son empreinte invisible, menaçante, dans chaque pensée, chaque inspiration de l'intrus qui voulait les *débusquer*. Au-delà des vibrations glaçantes qu'il dégage, il y a en lui quelque chose d'instable et de profondément dangereux. Ceux qui l'accompagnent le craignent plus que tout.

Il effraie Jada, également.

La différence, c'est qu'elle est en colère. Une colère brûlante, grondante, qui balaie le reste et se mue en détermination : elle veut les protéger toutes les deux. Survivre. Disperser ou éliminer ceux qui les menacent. Son intention, Queen l'appréhende d'instinct. Elle se prépare à coordonner ses actions avec les siennes. Car c'est ainsi que font les lionnes, quand elles chassent ou affrontent leurs adversaires.

Ordre bref du dominant.

Anton lâche les chiens. Gueule écumante, surexcités, ceux-ci se précipitent sur elle. Mouvement de Jada pour l'aider ; elle s'interrompt, pétrifiée par une vague d'hésitation et d'anxiété.

Coup de patte. Coup de crocs. Jappement, craquement d'os brisés. Terminé. Mouvement vif, Queen se retourne, esquive son autre assaillant. Hargneux, il lui saute à la gorge. Elle roule sur le dos, l'éventre de ses postérieurs puissants, se redresse et rejoint la jeune fille avec un rugissement profond. Un rugissement destiné à mettre les humains en fuite. Un rugissement qu'aucun d'eux ne comprend, sauf l'intrus, qui commence à paniquer.

— Pose ton arme, Jada, ordonne le dominant. Nous sommes plus nombreux que toi. Et nous n'hésiterons pas à tirer si tu n'obéis pas.

Une nouvelle vague de peur traverse sa sœur humaine.

La flamme qui brille en elle et nourrit le lien qui les unit brûle d'une rage impuissante.

Impuissance à agir.

Impuissance à la défendre, elle.

Jada se fait du souci pour elle, ignore comment échapper à ce guet-apens. Cela l'empêche d'agir avec discernement.

Choisir une proie, l'affoler pour brouiller ses repères, c'est une stratégie que la lionne connaît. À l'instant où le dominant et son groupe trouveront une faille en Jada, ils attaqueront. Leurs hésitations disparaîtront, balayées par leur soumission. Guidés par sa volonté, ils ne lui laisseront aucune chance.

Mais, si ce dernier tombe, si ce dernier est terrassé, ils détaleront tous. Seule la crainte maintient la cohésion de leur meute. Il n'y a aucune chaleur en eux. Leur cœur est sec, recroquevillé. Ils sont isolés les uns des autres. Incapables de loyauté.

Nouveau rugissement.

Anton recule lentement : il sait que ce n'est plus un avertissement, cette fois. Mais un défi. Odeur d'urine, émanant de l'intrus qui voulait les *débusquer*. Il est tétanisé. Jada s'accroupit, les yeux rivés sur le dominant.

Ses muscles sont tendus à l'extrême. Son ventre brûle de haine. Lui se gave d'une fierté arrogante. Il a le contrôle.

— Voilà. Pose cette arme…

Tout entier concentré sur Jada, celui-ci ne lui prête plus attention.

C'est le moment.

Détente puissante, silencieuse. D'un bond, Queen l'écrase sous son poids.

L'humain, sous son corps, se débat. Elle l'immobilise sans effort, referme ses crocs sur son épaule, le secoue. Il hurle, s'affaisse, enfin inoffensif.

Détonations, tout autour d'elle. Brûlure, le long de son flanc.

— Duncan ! Ne tire pas !

La voix de Jada.

— Non !

Une autre détonation. Son cri.

Queen lève la tête. Flaire soudain la souffrance de sa sœur.

Instinct. Protéger le clan, le foyer. Elle abandonne sa proie, fonce sur les autres hommes. Terrifiés, ils s'engouffrent dans leurs voitures. Elle en attrape un. Il vagit de terreur, se débat pour lui échapper. Explosion. Nouvelle brûlure. Elle lâche prise. Claquements métalliques. Les véhicules démarrent dans un nuage de poussière et de fumées nauséabondes.

La lionne s'approche de Jada. Cette dernière a entortillé un tissu autour de son flanc. Un tissu imbibé de sang. Queen renifle, goûte. Cuivre et sel, chaleur et vie. Sa sœur est blessée. Sa sœur doit se reposer, se nourrir.

— Tu as été touchée, toi aussi. Je suis…

Mouvement, sur la gauche. L'ancien dominant a bougé.

— Un geste et je tire, Marlo.

Malgré sa souffrance, Jada trouve encore la force de l'affronter.

— Tu n'oserais pas…

Coup de feu. Le dominant tressaille. Son cœur cogne. Son souffle est court. Il suinte la frayeur, désormais. Il a perdu le contrôle.

— Et maintenant, lâche ton arme.

Elle a mal, Jada. Elle s'épuise. Elle est résolue, cependant. Se battra jusqu'au bout s'il le faut.

— Très bien. À plat ventre, Marlo. Bras écartés.

Résigné, il s'allonge sur le bitume. Jada s'approche. Queen demeure dans son ombre, muscles bandés. Prête à l'achever.

Vrombissements soudains. Hululements mécaniques. Lumières aveuglantes. Voix déformées, surgies de nulle part. Jada sursaute, effarée. L'homme vide roule sur le côté, heurte violemment la jeune fille, lui arrachant un cri de douleur.

Aussitôt, la lionne bondit, le saisit à la nuque, le secoue.

Craquement.

Des hommes s'approchent, les encerclent. Différents de ceux qu'elles ont mis en fuite. Différents de celui qu'elle vient d'éliminer. Aguerris, ils agissent ensemble et portent sur eux un parfum de métal et de mort.

Le cœur de Jada s'emballe. La panique la gagne. Un flux précipité d'images la submerge. Queen n'y comprend rien, ne sait comment l'aider. Soudain, Jada éclate en sanglots et se précipite sur elle, l'entoure de ses bras. Murmure.

— Lâche-le, Queen. Lâche-le. S'il te plaît…

À travers ses paroles, des images. Queen abandonnant le corps inerte. Le corps inerte de celui qui a voulu la tuer. Queen restant avec elle, paisible, sans bouger. C'est difficile, pour la lionne, de céder. C'est difficile d'être calme au milieu du chaos. Mais il y a cette flamme qui unit leurs cœurs, ce même foyer qui les réchauffe et les réconforte. Alors, elle s'apaise un peu, laisse tomber le cadavre, tente de rassurer sa sœur, de la réconforter du mieux qu'elle peut.

Mais Jada s'affaiblit.

Elle tremble.

Elle a mal.

Elle est triste.

Elle n'en peut plus.

Et la vie la quitte goutte à goutte.

Alors, Queen rugit.

Encore.

Et encore.

Et encore. Parce qu'elle ne sait pas comment l'aider. Parce qu'elle la sent partir, parce qu'elle la sent sombrer.

Bruit sec. Éclat de voix soudain. Présence nouvelle, au milieu de la meute.

— Jada, c'est Liam. Jada, est-ce que tu m'entends ? Jada, écarte-toi d'elle…

— Non…

Sa voix n'est qu'un souffle.

— Si je la laisse, ils l'abattront…

Lentement, la jeune fille s'affaisse et bascule sur le côté. Queen la pousse avec douceur, redresse la tête, cherche une issue, pour elles deux. Piqûre soudaine, derrière l'épaule. Douleur. Sa vue se trouble. Sa tête bourdonne. À son tour, elle sombre dans l'obscurité.

Jada

À l'ombre du grand cèdre, les fauves se prélassent. Jada compte quatre lionnes allongées sous les frondaisons, en plus de la matriarche et de Queen. Des lionceaux jouent, un peu plus loin, roulant dans la poussière en grognant. D'autres, plus jeunes, harcèlent un grand mâle à l'épaisse crinière sombre, tentent d'attraper le pinceau de sa queue, de grimper sur ses flancs. Avec une patience infinie, il les repousse chaque fois qu'ils dépassent les bornes. Sur les rochers, son frère veille. De temps à autre, il rugit, une mise en garde contre les intrus qui tenteraient de les défier sur leur territoire. Quand la jeune fille s'approche, le premier des deux lions se lève et avance vers elle. Il est énorme et ses prunelles dans le soleil semblent d'or pur. D'innombrables balafres couvrent son corps et sa gueule. L'une d'elles, le long de sa truffe, est récente, boursouflée. Jada s'immobilise. Le lion la renifle minutieusement, sans animosité. Jada ne cherche pas à dissimuler sa crainte.

Cela ne servirait à rien. Elle essaie juste de se concentrer sur les petits qui hésitent à suivre leur père, sur Queen, qui s'est redressée et plonge ses iris d'ambre dans les siens…

*

Jada ouvre les yeux.

Au-dessus d'elle, un plafond blanc. À sa droite, une table de nuit, une vitre chauffée par le soleil. Elle essaie de regarder de l'autre côté. Un éblouissement la saisit. De l'autre côté, des poches de perfusion. Avec lenteur, elle soulève ses mains : des cathéters y sont enfoncés. Maladroitement, elle repousse le drap jaune pâle qui recouvre son corps. Un épais pansement protège son flanc gauche. Elle fronce un instant les sourcils – puis tout lui revient, en vrac : leur fuite, le drone, Marlo, les Twen5, les chiens, les coups de feu, quand Duncan a tenté de tuer Queen et qu'elle s'est interposée, son cri déchirant, la panique, la mort de Marlo, l'arrivée des flics, avec leurs mégaphones, leurs sirènes et leurs flingues, prêts à tirer sur sa sœur de cœur, le vétérinaire du sanctuaire…

Queen ! Où est-elle ? A-t-elle survécu ? Liam a-t-il convaincu la police de la laisser en vie ? A-t-il réussi à l'emmener au New Hope Sanctuary ?

— Queen… Je dois savoir… Je dois la retrouver…

Fébrile, elle s'assoit. Sa tête tourne. Luttant contre la nausée, elle ôte d'une main tremblante les seringues scotchées à sa peau, s'appuie sur le rebord du lit. Un lit d'hôpital, dans une chambre qui n'en est pas une. Les murs sont propres. Il y a du parquet au sol, pas un carrelage pourri. Et ça ne sent même pas mauvais. Jada a travaillé une saison au St Joseph's Hospital, l'an dernier. Elle se rappelle la misère, les odeurs de médicaments et de mort, le stress des soignants, leur impuissance quotidienne – pas assez de personnel, pas assez de matériel, trop de patients. Jada faisait le ménage, là-bas. Un jour, en nettoyant les toilettes, elle a trouvé une vieille dame gisant sur le carrelage, son déambulateur un peu plus loin. Cela faisait plusieurs heures qu'elle était morte sans que personne s'en aperçoive.

La jeune fille, bouleversée, en a fait longtemps des cauchemars.

Avec un nouvel effort, Jada se lève, se mordant les lèvres pour ne pas crier. Elle a l'impression que son ventre vient de se déchirer sous l'effet de la douleur. Mais non. Pas de saignement. Le pansement est en place. Inspiration. Elle vacille jusqu'à la fenêtre.

À l'extérieur, au lieu du béton et du ciel gris, un jardin, avec quelques arbres en fleur. Plus loin, un bois, le bleu d'un lac et, à l'horizon, des montagnes baignées par une lumière bleutée.

— Je suis où, là ?

La réponse, Jada la connaît, ose à peine y croire.

New Hope Sanctuary.

Queen y est-elle aussi ? Liam Crow a-t-il réussi à lui sauver la vie ?

J'ai rêvé d'elle. Du pays des lions. Elle est en vie, certainement…

Mais s'il s'agit d'un territoire ancestral, d'un territoire situé hors de ce monde, c'est peut-être juste son esprit qu'elle y a croisé ?

Je dois savoir…

Elle tente de retrouver la sensation de chaleur dans son cœur, d'imaginer le fil invisible qui les relie. Impossible. Elle crève de trouille à l'idée du pire, et cela brise sa concentration. Ils étaient nombreux, en face. Et, même si Marlo était une ordure, même si les flics l'auraient abattu sans hésiter, c'est un fauve qui lui a rompu le cou.

Une bête potentiellement dangereuse à leurs yeux.

Submergée par la crainte, Jada fouille la pièce en quête de ses affaires. Dans une commode de bois peint, elle trouve ses vêtements, propres et pliés, ses carnets, son téléphone jetable – à jeter. Elle tente de s'habiller, chancelle, se rattrape maladroitement au meuble. À cet instant, la porte s'ouvre sur une femme d'une quarantaine d'années aux yeux en amande, à la peau cuivrée.

— Il me semblait bien avoir entendu du bruit, sourit-elle. Bienvenue parmi nous, Jada ! Je suis Kerry, la sœur de Liam.

— Bonjour, souffle-t-elle d'un ton tremblant. Est-ce que…

— Queen va bien.

Genoux en coton. Cœur au bord de l'explosion. Toutes les tensions retenues, toutes les craintes refoulées se dispersent, d'un seul coup. Jada fond en larmes. Aussitôt, Kerry est près d'elle, l'aide à retourner dans son lit et reste à son côté, présence discrète et réconfortante, le temps que le flot s'apaise. À peine consciente de la main posée sur son épaule, Jada sombre dans un sommeil profond.

*

Le croissant de lune scintille et les étoiles sont apparues dans le ciel quand Jada mange son premier repas, dépitée qu'aucun tube de ketchup n'accompagne ses dés de volaille et sa purée. La compote, elle, est agréablement acidulée.

À peine l'a-t-elle terminée qu'on frappe à la porte.

— Entrez !

Liam Crow pénètre dans sa chambre, tenant deux tasses fumantes dans ses mains. Il est plus petit qu'elle ne l'imaginait, plus rond, aussi. Ses yeux noirs pétillent et un bon sourire illumine son visage.

— C'est une infusion de plantes, déclare-t-il. C'est bien meilleur que tu ne le penses, et bien plus sain que le soda.

— Merci, soupire Jada. Comment va…

— Bien. Très bien même, pour une lionne qui n'avait jamais côtoyé ses congénères auparavant. Nous l'avons placée dans l'enclos mitoyen de Shilah et Haseya, qui ont passé leur vie à se morfondre dans un cirque avant d'atterrir chez nous. Hier, Haseya et Queen ont passé une partie de l'après-midi à jouer ensemble de chaque côté du grillage. Quant à Shilah, c'est un sage. Ce qui compte pour lui ? Avoir de la compagnie, de la nourriture et du calme. La présence de Queen devrait créer un équilibre entre eux.

Jada hoche la tête, les yeux brillants d'émotion. Dans son esprit se dessine l'image du vieux mâle qui lui a présenté une plaie à soigner. L'espace d'un instant, elle a la certitude qu'il s'agit de lui. Puis elle chasse cette pensée de son esprit. C'est impossible. Absurde. Pourtant, que risque-t-elle à demander ?

— A-t-il des blessures au niveau de la gueule ?

— Des cicatrices. Et une gingivite récidivante. Pourquoi ?

— Parce que… Non. Rien.

Elle s'interrompt brusquement.

Je ne peux pas lui dire que je suis guérisseuse. Il me prendrait pour une folle. Et si je veux revoir Queen… Si je veux avoir une chance de rester ici…

— Comment vous avez fait ? reprend-elle en posant les mains autour du mug chaud. Pour la récupérer, je veux dire. J'ai eu tellement peur…

— Je l'ai fléchée au moment où tu as perdu conscience, répond calmement Liam. Je l'aurais fait de toute façon, pour éviter que la situation tourne au drame. Ça n'a pas été simple pour l'équipe de convaincre la police de nous la confier.

— Ils voulaient la tuer, hein ?

— Ils avaient peur. Ils étaient sous tension. Et surtout, ils n'avaient absolument aucune idée de la façon de se comporter avec un animal sauvage. Un animal tout court, d'ailleurs. Ils ne sont pas formés pour ça, à l'école. Bref. Il a fallu que je leur explique que Queen t'avait protégée à sa manière pour qu'ils envisagent une autre solution. Et que les vrais coupables, c'étaient ceux qui avaient tenté de vous tuer toutes les deux.

— Les Twen5 ?

— Oui.

Duncan.

Qu'est-il devenu ? À peine cette pensée traverse-t-elle son esprit que Jada la chasse d'un froncement de sourcils.

Il leur a tiré dessus. Sans hésiter. Il a choisi son camp. Il a choisi de rester prisonnier de l'influence d'un tueur, du gang, d'une vie de violence. Ce n'est plus son frère.

Et Jada, comme Queen, est une âme libre.

— Quand les secours t'ont emmenée, poursuit Liam, j'ai appelé un vieil ami du Wild Life Department. Grâce à lui, la police a lâché l'affaire et on a pu rapatrier Queen ici sans difficulté. On a profité du voyage pour vérifier son état de santé et effectuer quelques prélèvements. Tu t'es bien débrouillée, Jada. Les agrafes, sur son épaule, ont été enlevées hier et la cicatrice est propre. Elle mange correctement. Elle commence à se détendre. Tu lui manques, tu sais…

Gorgée nouée.

De nouveau, l'émotion envahit Jada. Elle lutte contre les larmes, s'essuie les yeux.

— Comment le savez-vous ?

— Elle rugit, longtemps, souvent, le regard voilé, lointain… D'après ce que tu m'as expliqué au téléphone, tu es sa seule famille. Elle n'en avait aucune avant de te rencontrer…

— Il y avait Sheik, le gang…

— Je parle d'affection et de confiance, Jada. Pas de maltraitance. Ce que vous partagez, toutes les deux, est magique. Comme mon amitié avec Hoya. Hoya, c'est l'ours noir dont je t'ai parlé. « Le Sage », en navajo. Un jour, si tu veux, je te raconterai, lui et moi. Hoya est un solitaire, comme la majorité des membres de son espèce. Les lions sont différents. Les lions ont besoin d'une famille, d'un foyer. C'est ce qui les structure, ce qui les anime. Les gens en font des symboles de royauté et de férocité, alors que ce qui compte le plus pour eux, ce sont les liens…

Ses mots, profondément justes, résonnent avec la chaleur de son cœur lorsque Queen est avec elle, avec cette tendresse qu'elles partagent, avec le clan ancestral qu'elle visite en rêve, aussi.

— Je pourrais bientôt la voir, alors ? interroge-t-elle timidement.

— La balle t'a traversé le flanc. Il n'y a pas de dégâts internes, à part le choc que tu as subi. Toutefois, entre ta blessure et la fièvre attrapée pendant votre fuite, tu as été très affaiblie. Tu as encore besoin de reprendre des forces. Au moins quelques jours de plus, ajoute-t-il en remarquant sa mine déconfite.

— Vous m'avez ramenée comment ?

— Alvin est resté plusieurs jours à ton chevet.

— Monsieur Ferrara ? Il s'est déplacé pour moi ?

— Bien sûr ! Il était très inquiet, tu sais ! Dès que tu as été en état de voyager, il nous a prévenus et nous sommes venus te chercher à l'hôpital. Repose-toi, à présent. Nous reparlerons de tout ça demain…

Jada hoche la tête. Fatiguée, de nouveau. Et incroyablement légère.

Queen

Queen observe le patriarche qui renifle attentivement sa sœur humaine. Le cœur de Jada bat très vite. Elle a peur, ne cherche ni à fuir ni à dissimuler ce qu'elle éprouve. Queen, attentive, se redresse et s'approche pour la soutenir. Aussitôt, le corps de Jada se détend. Elle reprend confiance. Le lion perçoit lui aussi ce changement et s'apaise. Lentement, Jada approche les mains de sa gueule dont émanent des relents nauséabonds. Une douce lumière coule de ses paumes, enveloppe sa plaie, la purge de l'infection. Les membres du clan les rejoignent les uns après les autres. La matriarche, puis les autres lionnes et les lionceaux, pour une fois attentifs. Même le grand mâle qui monte habituellement la garde sur son rocher s'est joint à eux pour observer la jeune fille et l'accueillir parmi les membres du clan…

*

Queen s'étire avec un long bâillement, puis se dirige tranquillement vers l'extérieur de sa tanière. L'herbe est douce sous ses pattes. Une brise légère lui apporte les odeurs de la lionne blanche et du mâle avec lesquels elle passe désormais ses journées. Haseya et Shilah. Des noms donnés par les humains. Des noms qui font sens, pourtant, et vibrent avec leur cœur.

Shilah ressemble au vieux lion qui veille sur le clan, au pays des herbes jaunes où elle se rend en rêve. Même puissance, même tranquillité. Si proches qu'ils pourraient être frères. Ils le sont, d'une certaine façon, et partagent les mêmes blessures. Il l'a accueillie avec un ronronnement, se frottant contre le grillage qui sépare leurs enclos. Comme s'ils se connaissaient. Comme s'ils appartenaient à la même famille.

L'odeur d'Haseya est plus douce que la leur. Plus difficile à saisir. Une joie profonde l'anime, à peine tempérée par une nervosité qui augmente chaque fois que des humains sont là.

Ces humains ne ressemblent ni à Sheik ni à ceux que Jada et elle ont affrontés. Ils se soucient d'elle et des autres. Ils sont attentifs et chaleureux. Pourtant, Queen se méfie également d'eux.

Ils l'ont séparée de Jada.

Ils l'ont emmenée loin d'elle.

Et puis, il y a ce mélange de bienveillance et de distance, en eux. Cette manière de la considérer. De les considérer tous. Avec cette pointe de peur qui émane du plus profond d'eux-mêmes et envoie des signaux contradictoires de prédateurs et de proies.

Cela les rend imprévisibles.

Queen est mal à l'aise avec ça.

Haseya a senti sa présence. Elle saute du perchoir où elle sommeillait, trottine jusqu'au grillage. Elle est heureuse de la voir. Avide de frotter sa tête contre la sienne, d'échanger des ondes d'affection et de bien-être. De jouer, aussi.

Elle a besoin d'une famille, Haseya.

Elle a besoin d'un foyer.

Elle se comporte comme un lionceau, parce qu'elle ne sait comment l'exprimer autrement. Avec elle, Queen a souvent besoin de mettre des limites. Un grognement, un coup de patte sur la truffe. Haseya commence à comprendre jusqu'où il lui est possible d'aller.

Shilah est différent.

Il n'attend rien des autres.

Ni des humains ni de ce drôle de clan qu'on leur impose de créer.

Il trimballe trop de vieilles blessures, de cicatrices au cœur comme à l'âme.

Alors, il se contente de se réchauffer au soleil. De déguster ses repas. De profiter de leur tendresse, de savourer le calme et la paix du moment présent. Il y a dans ses yeux la même sagesse que dans ceux de la matriarche et dans sa lenteur la même assurance, la même force intérieure.

Çà et là, des rugissements. Des feulements. Il y a d'autres lions. D'autres fauves, dont elle perçoit les voix et les parfums, âcres et puissants, forts et musqués. Une onde d'excitation les parcourt, gagne Haseya, Shilah et résonne en elle : on leur apporte de la viande, des os délectables à croquer.

Queen retourne près de sa tanière : pour manger, elle préfère être seule.

*

Queen lèche longuement Haseya. La lionne, les yeux mi-clos, se laisse faire en ronronnant. Cela l'apaise. Cela lui permet de se débarrasser de son anxiété. Non loin, Shilah somnole, perdu dans un rêve éveillé. Ils ont trouvé un équilibre, tous les trois. Pas encore assez proches pour former une famille véritable, un foyer. Suffisamment cependant pour prendre soin les uns des autres et accepter leurs faiblesses mutuelles.

Léthargie de Shilah, qui ne sait plus comment être féroce. Instabilité d'Haseya, qui n'a jamais appris à être lionne. Et sa propre tristesse, qui plane en permanence autour d'elle.

Queen s'interrompt soudain.

Vibration dans l'air.

Vibration familière, chaleur soudaine dans son cœur.

Jada.

Haseya roule sur le dos, tente d'attirer son attention.

Queen l'ignore, entièrement tournée vers celle dont la présence remplit peu à peu l'atmosphère.

Haseya insiste, mordille l'une de ses pattes.

Queen se dégage avec un grondement menaçant, le pinceau de sa queue fouaillant brutalement le sol.

Un instant plus tard, elle s'est écartée de ses compagnons. Elle s'éloigne en direction de son enclos, se coule de l'autre côté de la trappe qui lui permet de rejoindre Haseya et Shilah ou de s'isoler. Elle ouvre la gueule, recueille toutes les émanations, émotions, frémissements alentour, isole peu à peu celles de sa sœur humaine, sa sœur humaine qui se rapproche, dont elle perçoit de mieux en mieux l'euphorie, la hâte, l'odeur légèrement sucrée, les traces d'angoisse et le rythme du souffle, la voix, encore lointaine, qui se rapproche encore trop lentement.

Queen rugit.

Et rugit encore.

Et encore.

Pour l'accueillir.

Haseya et Shilah rugissent en écho, gagnés par son impatience et sa joie. Puis les autres, ceux qu'elle ne connaît pas, ceux qui lui ressemblent et ceux qui préfèrent feuler, les inséparables et les solitaires, se joignent à elle.

Enfin, Jada est là.

Accompagnée par Liam, celui qui veille sur tout le monde ici, sécurise et soigne. Même s'il sent aussi mauvais que Doc, il ne la craint pas et lui témoigne une profonde considération. Derrière eux, deux autres hommes. Sur le qui-vive, ceux-là. Comme Jay, quand il protégeait Sheik une éternité plus tôt.

Arrivés à quelques mètres du grillage, Liam pose la main sur l'épaule de Jada. Il hésite, s'inquiète pour elle.

Sa sœur humaine secoue la tête.

Franchit la distance qui les sépare encore.

Queen perçoit la faiblesse de son corps, sa vulnérabilité aussi. Alors, elle s'assied sur son arrière-train et attend.

Ça y est. Jada est derrière le grillage. Ouvre doucement la porte. Avance jusqu'à elle. Queen perçoit les craintes de ceux qui sont restés à l'extérieur du grillage. Elles s'envolent, s'effacent quand Jada s'agenouille devant elle. Des larmes roulent sur ses joues. Queen les essuie d'un coup de langue. Jada l'entoure de ses bras, se blottit contre elle, murmure des mots sans suite, chanson d'amour qui les berce, les enveloppe et les réconforte.

Leurs cœurs explosent de bonheur partagé.

De bonheur retrouvé.

Ensemble. Unies.

Épilogue

Assise aux côtés de Queen, Jada contemple l'horizon. Dans le soleil couchant, les plateaux du Yellowstone prennent des teintes d'or rouge. Souffle, dans son dos. Shilah, le vieux lion dont la jeune fille soulage les gencives et l'arthrose du mieux qu'elle peut, est venu se coucher derrière elles. Haseya les rejoint quelques minutes après. La lionne blanche est encore un peu méfiante. Achetée alors qu'elle était bébé par des imbéciles assez riches pour se permettre d'avoir un lionceau, elle a été vendue à un cirque lorsque le couple s'est séparé. Haseya est passée brutalement d'une existence d'animal de compagnie à celle de prisonnière. Sans connaître aucun code félin, sans comprendre ce qu'on lui demandait. Elle n'a que six ans, Haseya. Mais elle est bien plus cabossée que le vieux Shilah.

Cela fait plusieurs mois que Jada s'est installée au New Hope Sanctuary.

Incrédule au départ, elle a fini par comprendre que ceux qui travaillent et vivent ici sont de vrais gentils, qui se fichent bien de ses origines et de son C.V. – deux des soigneurs, d'ailleurs, ont un passé de prisonnier. Ce qui compte, pour eux, c'est *qui* elle est.

Il y a Liam et sa sœur.

Liam a tenu parole. Il l'a prise sous son aile et lui enseigne comment soigner les animaux, en attendant qu'elle ait son diplôme et suive des études vétérinaires à l'université. C'est un rêve que Jada mènera jusqu'au bout. Par fierté. Parce qu'elle vient des Heighs. Parce qu'elle a envie d'apprendre. Parce qu'elle sait qu'un jour, ces connaissances lui seront indispensables pour rester ici, pour sauver des vies. Kerry, quant à elle, l'héberge dans son chalet et dit qu'elle la considère comme une petite sœur. Jada n'a pas encore osé leur révéler ses dons de guérisseuse. Elle se doute cependant qu'ils l'ont deviné.

Il y a Ferrara.

Son ancien prof ne l'a pas lâchée.

C'est grâce à lui que Jada a pu faire toutes les démarches pour poursuivre sa scolarité à distance. Il a promis de venir la voir avec son épouse, dès qu'il le pourrait. Il lui a même transmis les salutations de son oncle Tony – « Elle… elle a du cran, la gamine ! » aurait-il déclaré en visionnant la vidéo de Queen et elle sur les réseaux.

Il y a Queen, surtout.

Sa sœur lionne.

Et puis Shilah et Haseya, qui les rejoignent désormais dans leurs rêves, au pays des herbes jaunes, le territoire ancestral des lions. Là où se trouve leur véritable foyer.

En savoir plus...

Un mot sur les lions

Dans les documentaires animaliers, dans les vidéos que l'on peut voir sur les web-chaînes, on montre souvent des lions tous crocs dehors, combattant des hyènes ou se battant pour devenir le maître d'un harem. Quant aux lionnes, elles chassent sur fond musical dramatique, les caméras montrant abondamment leurs gueules ensanglantées au moment de la curie. Des lions, on sait qu'ils tuent les petits qui ne sont pas de leur lignée. Quant aux lionnes, elles attendent passivement la prochaine portée et rapportent des proies à leurs mâles.

Ce que ces documentaires oublient trop souvent de dire, c'est que la mise à mort des lionceaux a une explication purement biologique : cela relance le cycle des chaleurs. Cela n'a rien à voir avec les dynasties guerrières. Les lions sont pragmatiques. Jamais cruels.

Sans compter qu'ils n'agissent pas toujours ainsi. Quand les lionnes sont en chaleur, par exemple. Quant aux lionnes, loin d'être des esclaves soumises, il leur arrive probablement plus souvent qu'on ne le voit et documente de défendre leur progéniture (cf. *La Reine lionne*, documentaire de Kim Wolhuter, Benoît Demarle et Bertrand Loyer, qui n'échappe pas au vocabulaire guerrier inutile, propose cependant un regard intéressant sur les liens qui unissent ces fauves).

Ce qu'ils ne montrent pas assez non plus, c'est le quotidien et l'importance du lien. Les jeux, les siestes interminables sous les grands cèdres, la patience des adultes envers les lionceaux, la tendresse des lionnes envers les leurs et l'importance de la paix, au sein d'une même famille, mais également en regard de potentiels adversaires. Comme l'immense majorité des espèces, les lions préfèrent l'intimidation au combat. Nous, humains, avons fait de ces grands félins des symboles de royauté et de courage guerrier. C'est pour cela que certains sont élevés dans des fermes, et que de riches individus les chassent, persuadés qu'ils sont de s'approprier leur courage en rapportant leur tête à la maison.

Nous avons oublié l'essentiel, à leur propos : il s'agit avant tout d'animaux extrêmement sociaux, de familles capables d'entraide, d'affection et de loyauté.

Ce que veulent les lions, c'est vivre en paix. Avec ou sans les humains, peu importe, pourvu qu'on reconnaisse enfin leur nature profonde et qu'on comprenne la signification véritable d'un « cœur de lion ».

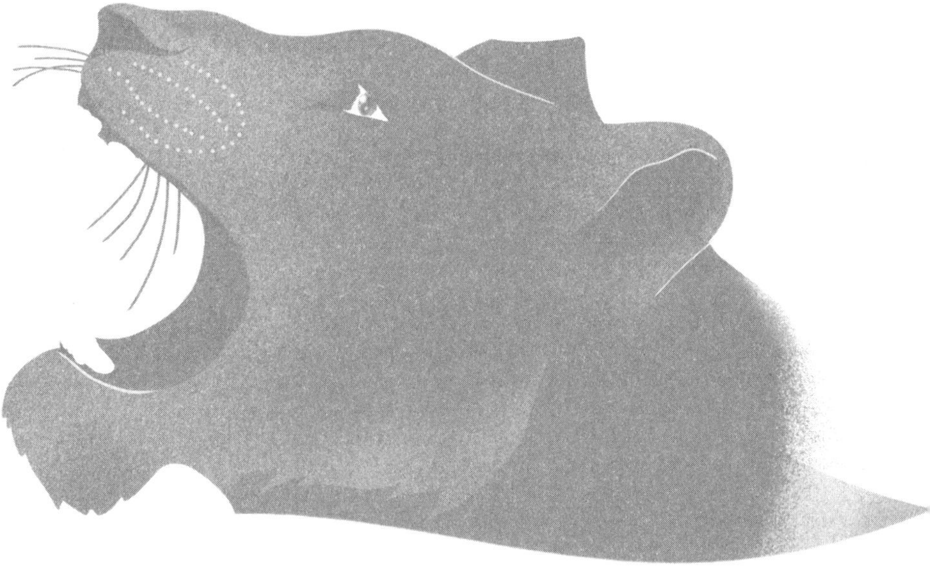

Dans la même collection chez ScriNeo

LE MURMURE DES CHEVAUX

Charlotte Bousquet

France. De nos jours.

Valentin, passionné d'équitation, est en apprentissage à La Bergeronnette, une écurie réputée. Adolescent introverti, il cherche sa place dans le seul univers qui lui apporte un peu de paix : celui des chevaux.

Dona est une jument au caractère bien trempé, qui arrive par hasard à La Bergeronnette après un parcours compliqué.

Quand Dona reconnaît dans le garçon solitaire et malheureux celui avec qui elle jouait, pouliche, la jument comprend qu'ils sont liés.

Mais pour réparer ce qui a été brisé et guérir, il leur faut ouvrir leur cœur, accepter leur vulnérabilité – et leur véritable force.

Une puissante histoire de reconstruction, de résilience et de reconnexion.

De la même autrice
chez ScriNeo

NOS VIES SUSPENDUES

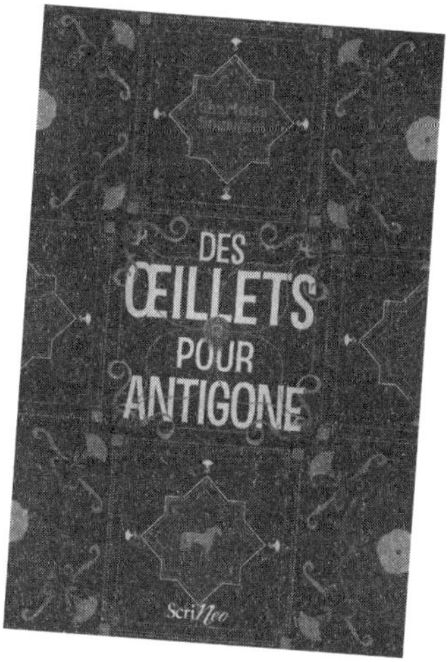

DES ŒILLETS POUR ANTIGONE

Imprimé en France par Aubin Imprimeur

Cet ouvrage a été imprimé sur un papier issu de forêts gérées durablement, de sources contrôlées.

IMPRIM'VERT
Votre imprimeur agit pour l'environnement

PEFC
10-31-1601
Certifié PEFC
pefc-france.org